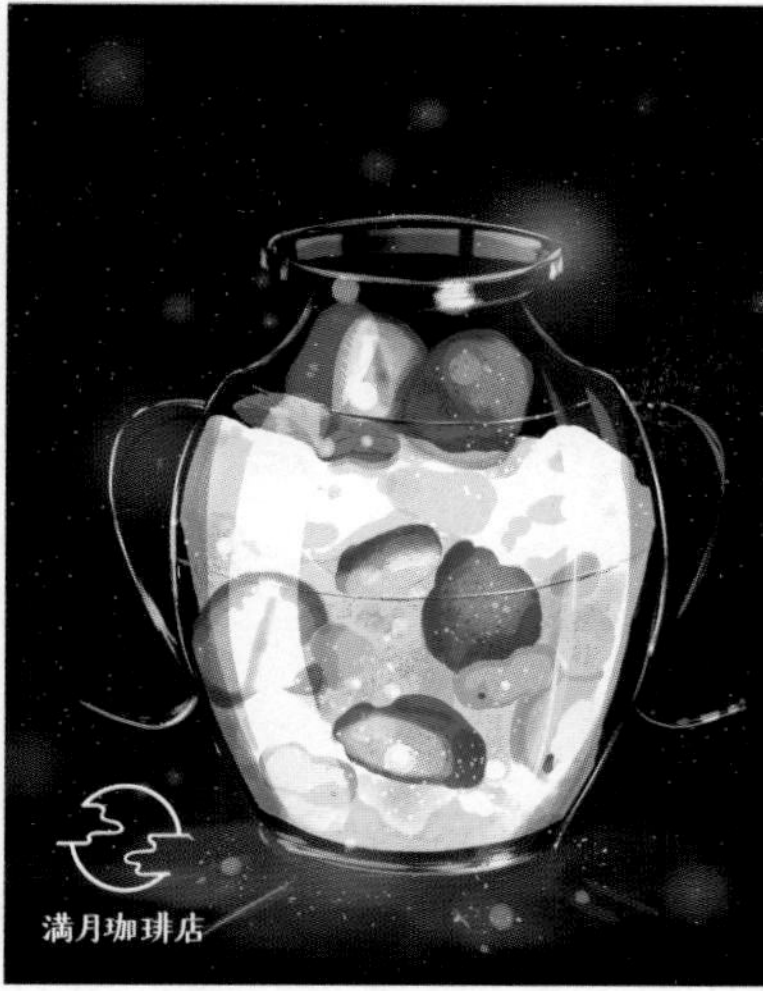
水瓶座のトライフル
満月珈琲店

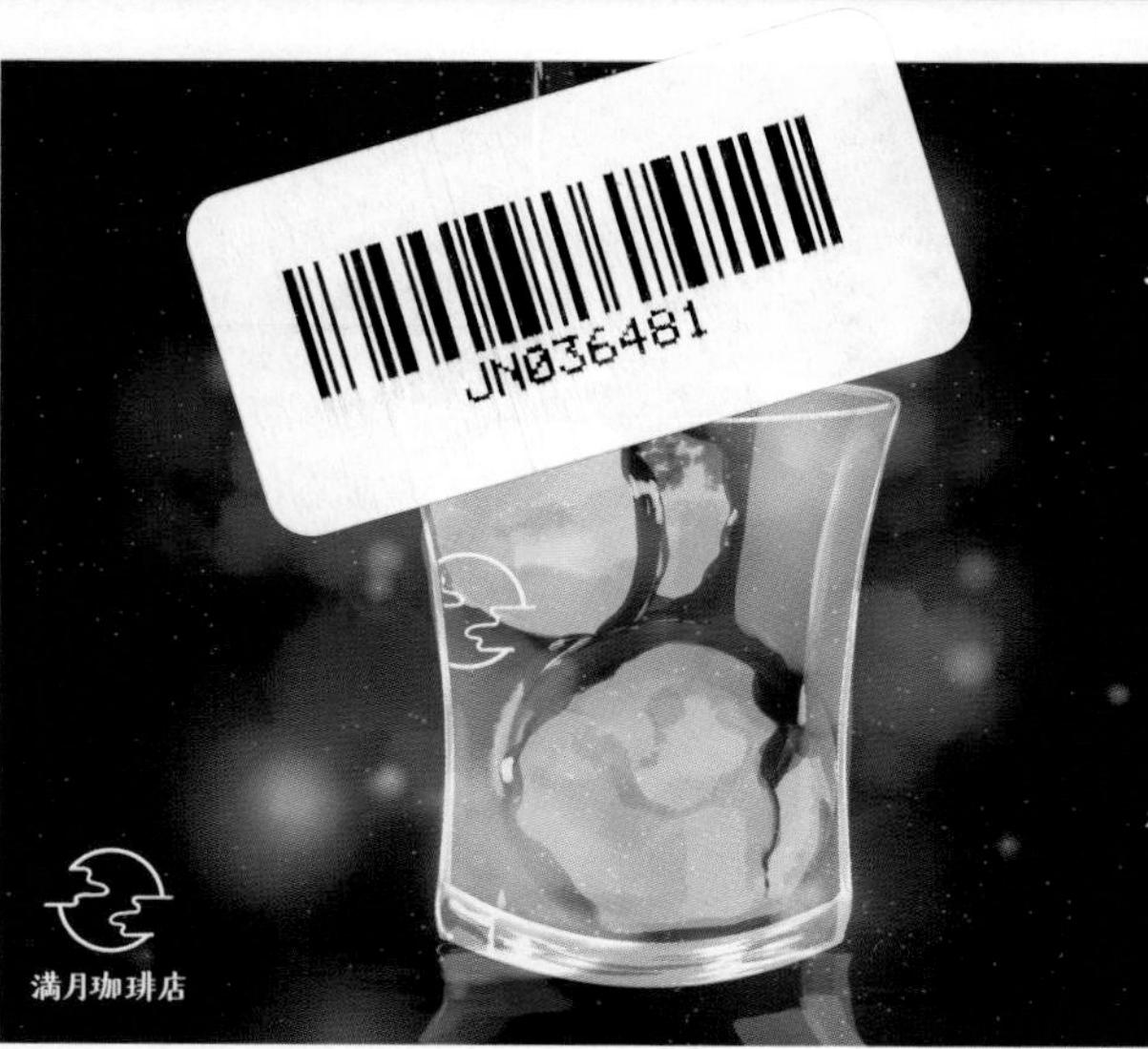
惑星アイスのアフォガート
満月珈琲店

満月バターのホットケーキ
満月珈琲店

満月珈琲店
WELCOME

満月アイスのフォンダンショコラ
満月珈琲店

水星のクリームソーダ
満月珈琲店

星屑のアイスコーヒー
（朝焼けのシロップ入り）
満月珈琲店

月光と金星の
シャンパンフロート
満月珈琲店

空色ビール〃星空〃
満月珈琲店

文春文庫

満月珈琲店の星詠み

望月麻衣

画・桜田千尋

文藝春秋

目次

満月珈琲店の星詠み

――『満月珈琲店』には、決まった場所はございません。

時に馴染みの商店街の中、終着点の駅、静かな河原と場所を変えて、気まぐれに現われます。

そして、当店は、お客様にご注文をうかがうことはございません。

私どもが、あなた様のためにとっておきのスイーツやフード、ドリンクを提供いたします。

もしかしたら、夢を見ているのかもしれない。

目の前に現われた大きな三毛猫は、そう言って、にこりと目を細めた。

プロローグ

四月のはじめ。

全開にしていた窓から春の薫りを含んだ爽やかな風と共に、美しいピアノの音が流れてきていた。

エルガーの『愛のあいさつ』。

まるでその音色に誘われるように、ベランダの手すりに猫が現われた。

うちのマンションは、一応ペット可だ。

きっと、どこかの部屋で飼っている猫なのだろう。

その子は、白、茶色、黒の三色が綺麗に配置された、よく見かける三毛猫だ。

キッチンに立っていた私は、ネギを刻む手を止めて、なんとなく猫の様子を眺めた。

猫は、ベランダの手すりをしゃなりしゃなり、と歩いていく。

不安定な足場を危なげなく歩くその姿はとても優雅で、思わず見惚れてしまう。

雲一つない澄んだ空と桜の木をバックにしているせいか、まるで一枚の絵のようだ。

一方、こちらは料理をしているように見せかけて、インスタントラーメンに入れるネギを刻んでいるだけ。

他にもニンジン、もやし、ほうれん草をごま油で炒めようとしているが、お洒落さの欠片もない、絵にもならないランチだ。

猫は、まるでそのピアノの音色に聞き惚れているかのように手すりの途中でピタリと足を止めて、心地よさそうに目を細めている。長い尻尾を振り子のように振っていた。

わが家は、ワンルーム。小さな一室だ。

キッチンからベランダまでの距離は近い。

猫はこちらの視線に気が付いたのか振り返って、みゃあ、と声を上げた。

愛のあいさつならぬ――猫のあいさつだ。

私は頬が緩むのを感じながら、手を洗ってベランダへと向かう。

ガラリ、と網戸を開けたが、すでに猫の姿はなくなっていた。

キョロキョロと辺りを見回しても、どこにもいない。

ここは三階だ。もしかして足を滑らせて、下に落ちてしまったのではないか、と心配になるも、そんな様子もない。

私は、ホッとしながらも、『猫が落ちたりはしないだろう』と小さく笑って、手すりに腕を載せる。

『愛のあいさつ』はもう終わっていた。

今はショパンのエチュードOp.10-3——通称『別れの曲』が流れている。

別れか、と深く息を吐き出して、俯いた。

恋人との別れは、誰しもこたえるものだろう。

それが四十歳の、結婚願望の強い女だったら、余計にだ。

彼とは付き合いも長く、一緒にいるのが当たり前になりすぎた。

だが、『当たり前』なんて、あり得ない。

もしかしたら、猫も足を滑らせてしまうことだってあるのだ。

そんなことを考えてしまい、再び不安になって下に目を向けたが、猫の姿はどこにもない。やはり、猫は問題なかったようだ。

足を滑らせたのは、私だけ。

「どこで間違っちゃったんだろうな……」

下の方で、わいわいと子どもたちの声がして、私は眼下に顔を向けた。春休みなのだろう、小学校低学年くらいの子どもたちが歩いている。

懐かしさを感じて、頬が緩んだ。

あの頃、世話をした生徒たちは、元気なのだろうか?

やはり、教師を辞めるべきではなかったんだろうか?

いや、今この状態で教師をしていたら、遠慮のない子どもたちに『先生、結婚しないの？』などと無遠慮な質問をぶつけられ続けるだろう。
今の状態でそんなことを聞かれてしまっては、教壇で泣いてしまうかもしれない。
これで良かったんだ。
自分に言い聞かせるように、うん、と頷く。
ぴっちりと網戸を閉めて、私は部屋に戻る。
いつの間にか、ピアノの音は止んでいた。

第一章
水瓶座のトライフル

1

「ご馳走様でした」

空になったラーメン丼を前に、私——芹川瑞希は、両手を合わせた。

インスタントラーメンに、たっぷりの野菜と刻んだネギを入れる。決して豪華とは言えないランチだが、食べ終えた後はなかなかに充実感があるものだ。

「さて、仕事しなきゃ」

ラーメン丼をキッチンに運んで、サッと洗い、水切りカゴに入れる。

そのまま布巾を手に、丁寧にダイニングテーブルの上を拭いていく。

このテーブルは大人一人がようやく食事ができる程度の小さなものだ。狭いワンルームなので、私はここで食事をし、仕事もする。

拭き終えた後、一人分用のドリップコーヒーをマグカップに淹れて、ノートパソコンと資料をテーブルの上に置き、私は椅子に腰を掛けた。

コーヒーを一口飲んで、資料をパラパラと開く。

「ええと、このキャラの設定は……」

この資料には、華やかで見目麗しい男子のイラストがずらりと並んでいる。

これは、キャラクターの設定書だ。

美しい男子たちは、『裕福な学園に通う御曹司』という設定だった。

髪の色は、赤青黄色と色とりどりで、決して御曹司には見えない。しかしこれはゲームの中の話。誰もそんな細かいことは気にしていない。

そう、私の職業は、シナリオ・ライターだ。

今、手掛けているのは、ソーシャルゲームのシナリオだった。とはいえ、メインのシナリオを担当しているわけではない。

プレイヤーである主人公が、難易度の高いヒーローと結ばれるハッピーエンドのストーリーではなく、『脇役キャラクター』と結ばれる結果になってしまった際に発生するシナリオを書いている。言ってしまえば『脇道エンド』なので、シナリオも、あえて、そこそこの内容にしなくてはならない。プレイヤーが、大満足してしまうような面白いストーリーでは駄目なのだ。

その分量も多くはなく、30KB程度のエピソードだ。執筆の仕事で、ページ数や文字数ではなく、『KB』で依頼されるのは、ゲームシナリオならではなのだろうか？

『頬か額へのキスシーンエンドで。場所は水辺を希望』

「キスシーンは唇ではなく、頬か額。そして場所は水辺……インドアな男の子という設定だったから、海辺や河原よりもホテルのプールが自然かな」

資料を確認しながら、ぶつぶつとつぶやいて、今度はノートを開く。

そこに、他の人は読めないであろう、乱雑な走り書きがされている。

それは、私が書いたプロット。物語の流れのようなものだ。

大満足とは言えない脇役とのストーリーで『こんなシナリオじゃあ嫌だ。やっぱり難易度の高いヒーローとのハッピーエンドを見てみたい！』とプレイヤーに思わせなくてはならないのだ。

そのため、デートにも至らないものだったり、ラブシーンも控えめにしなくてはならないということだった。

それはそれで、なかなか難しいものだ。

確認を終えて、私は執筆を始める。

パソコンから流れるＢＧＭと共に、カチャカチャとキーを叩く音が、部屋に静かに響く。

私が請け負うソーシャルゲームのシナリオは、王道展開なものが多い。自分はそういうのを得意としているため、仕事自体は楽しい。できれば、脇役ではなく、難易度が高いヒーローとのラブシーンを書きたいものだ。

しかし今の私では、そんな贅沢（ぜいたく）も言えないだろう。

そんなことを思い、自嘲的な笑みを浮かべる。

かつては、もっと大きな仕事をしていたというのに……。

頭を振って、執筆に打ち込む。

30ＫＢは、文字数によってページ数が変わってくるが、短編約一作分ほどだ。

三分の一ほど書けたところで背筋を伸ばす。

時計の針は、午後三時を指していた。

「作業開始してから、二時間か……」

自分の集中力が、二時間しか持たなくなっているのを感じて、苦笑した。

十年前は、もっと持続したのだけど……。

その時、テーブルの上のスマホが振動して、メッセージの受信を知らせた。

私はそっと、スマホに手を伸ばす。

『お久しぶりです、芹川先生。中山明里（なかやまあかり）です。突然ですが、急に関西の仕事が入りまして、今京都に来ています。もしお時間が合いましたら、会えませんか？』

その名に、どきん、と心音が強くなる。

それは、かつて共に仕事をしていたテレビ制作会社の人であり、今やディレクターだ。

先月、私は勇気を振り絞って彼女に企画書を送っていた。

京都に来たのはたまたまかもしれないが、わざわざ連絡をくれたというのは、きっとそのことについて話をしてくれるのだろう。

『はい、ぜひ。私もお会いしたいです』

そう返事をすると、『ありがとうございます。それでは、以前よく打ち合わせしたホテルのロビーでよろしくお願いいたします。一時間後でも大丈夫でしょうか？』と返ってきた。

『大丈夫です』

そう返事をして、私はすぐにパソコンを閉じ、クローゼットにしている納戸（なんど）を開けた。着ていく洋服に迷い、結局、無難だからとスーツを身に纏（まと）う。

そのまま、洗面台の前に立つ。

この狭いワンルームには、ドレッサーなどなく、洗面台にメイク道具を置いている。

パウダーファンデーションのケースを開けて、パフを手に、肌に塗布していく。

「ううっ、ファンデの乗りが悪い」

最近は、近所のスーパーに行く以外の外出をしておらず、それだけのために化粧をするのが面倒で、マスクをしてしのいでいた。

久々の化粧に肌が驚いたのか、まるで拒否をするかのように粉っぽい。

かつて、美容に力を入れていた自分の今のこの有様を、彼女が見たら苦笑するだろう。

だが、仕方がない、と私はメイクを進める。眉を描き、口紅をつけて、薄手のカーディガンを羽織り、バッグを手に部屋を後にした。

マンションを出て、駅に向かって歩く。

私が住んでいるところは、一応、京都市内だ。

だが、世間が持つ『古都』のイメージからは遠い、ごく普通の住宅街だった。

電車に乗って、私はホッと一息つく。

その時、再び彼女から連絡が入った。

『ロビーが込み合っていたので、一階のカフェに移動しました。私は仕事してますので、気にせずのんびり来てくださいね』

ホテルのカフェでノートパソコンを開いている彼女の姿が目に浮かんだ。

テレビ業界の人は、どこでも仕事場になるものだ。

とはいえ、それは自分も同じだ。

以前は、よくカフェなどに行って、仕事をしていた。

だが最近は、その一杯のコーヒー代がもったいない、と用事がないかぎりは、家に籠りきりになってしまっていた。

食事もインスタントが多い。野菜を入れているのは、せめてこれくらいは、と健康を考えてのことだ。

もしかしたら、肌の調子が悪いのは、そのせいもあるのかもしれない……。

私は自嘲気味な笑みを浮かべて、スマホに目を落とす。

今放送中のドラマの視聴率や評判を調べて、胸が苦しくなるのを感じ、すぐにスマホから目を離す。

電車の中には、学校帰りなのか小学生の姿も見えた。

見たところ、二、三年生だ。

ランドセルではなく、ブラウンのシックな革張りのリュックを背負っていて、私立小学校の生徒であるのを感じさせた。

たった一人で電車に乗って、通学しているのだろう。

しっかりしてるなぁ、と感心した。

その時だ。

「あの、芹川先生……ですか？」

隣に座る女性に、小声でぽつりと話しかけられた。

どきん、と鼓動が跳ねる。私は戸惑いながら、女性を見た。

一見、二十代半ばの女性だ。

若く見えるが、雰囲気が落ち着いているため、もう少し上かもしれない。

パッと見ただけでお洒落だと感じさせる服装に、長くはないものの綺麗に整えたネイル、明るめの髪色から、彼女は美容関係の人だろうと思った。

もしかして、かつて担当してくれた美容師なのだろうか？

「あ、突然すみません。私、小学校の頃、先生にお世話になった生徒の一人で……」

ああ、と私は肩の力が抜ける気がした。

かつての教え子だったようだ。

「私、先生が大好きだったんです」

そう言われて、私は弱り切って肩をすくめる。

当時の私は、非常勤講師。担任が休んだ時に、代わりを務めた程度にしか生徒と関わっていなかった。

大好きと言ってもらえたのは嬉しいが、そこまで慕ってもらえるほど、生徒とコミュニケーションが取れていた記憶がない。

そんな私の気持ちを察したのか、

「先生は、私の下校班を担当してくれていまして」

と、付け加えた。

そういえば、私は子どもたちの下校班に付き添うことが多かった。

担任はクラスの仕事で忙しいため、非常勤の仕事という雰囲気だったのだ。

だが、付き添いも楽ではなかった。

低学年の子どもたちは、予想不可能な動きをするので目を離せず、生徒たちを一列にしてまっすぐ歩かせることすら大変だった。

歩きながらしりとりをしたり、お喋りしたりして、子どもたちを退屈させないよう、工夫をしていたことを思い出し、懐かしい、と私は頰を緩ませる。

さらに話を聞くと、彼女は私が感じた通り、今美容師をしているそうだ。

最寄り駅に到着したようで、「突然すみませんでした」と会釈をして、彼女は電車を降りた。

私も会釈を返しつつ、「名前くらい聞けばよかった」とつぶやき、温かい気持ちで背もたれに身を預ける。

『小学校の先生』は、憧れて就いた職業だった。

大変なことも多かった仕事だけど、こうした場面に遭遇すると、やっていて良かった、と心から思う。

どうして、シナリオの方を選んだのだろう、と私は再び暗い気持ちになった。

最初は、二足の草鞋を履いていたのだ。

非常勤講師は副業も許されたため、シナリオの仕事もしていた。

いよいよ、常勤の教師になれるということになり、私は教師かシナリオ・ライターか、どちらかの仕事を選ばなくてはならなくなった。結果、私は教師の仕事を捨てて、シナリオ・ライターを選んだのだ。

あれから、何年経つのだろう？ あの頃の生徒が大人になって仕事をしているくらいの歳月がたち、私はついに四十路となった。

今は、先の見えない不安に怯えながら生きている。

あのまま教師を続けていたら、どんなに仕事が大変でも今より生活の安定は保障されていただろう。

将来が不安で、震えて眠れない夜を過ごすこともなかっただろう。

私は下唇を噛んで、膝に目を落とした。

2

駅を出て、三条大橋を渡り、待ち合わせのホテルへと向かう。

こうして、京都の町中に来たのも、久しぶりだ。

少し前までこの辺りに住んでいたのに、と肩をすくめる。

私は二年前まで、鴨川を望めるマンションに一人暮らしをしていた。

リビング以外に寝室があり、大きめのバルコニーもあった。

朝早くに鴨川を散歩したり、バルコニーで紅茶を飲んだりしたものだ。

その頃、頻繁に通っていたカフェは木屋町通沿いにあった。高瀬川という小川が流れている側で、とても気に入っていた。

あの店は、今もあるのだろうか？

私はしみじみと思いながら、三条通から北上し、御池(おいけ)通を西へと歩く。

市役所の東隣に指定のホテルがあった。

よく、ここで関係者と打ち合わせしたものだ。

鼓動が強くなるのを覚えながら、私はロビーに足を踏み入れ、そのままカフェへと向かった。

店内は、そこそこ埋まっていた。

外国人の姿も多く見受けられる。

窓際の席に、中山明里の姿があった。

制作会社の人間はラフなスタイルの人も多い。けれど、彼女はその内面の真面目さが表れているかのように常にかちっとしたスーツを纏っている。今も黒いパンツスーツだった。

私は、彼女がノートパソコンを開いて仕事している姿を思い浮かべていたけれど、実際はタブレットを手にしていた。

「中山さん、お待たせしました」

私がそう声をかけて歩み寄ると、彼女はすぐに顔を上げて、立ち上がる。

「ああ、先生、突然すみません。ご足労お掛けしました」

「いえいえ、ご足労だなんて」

「お近くでしたよね？」

そう問われて、私は曖昧(あいまい)な笑みを返しながら、首を振った。

「今は引っ越しまして」

「あ、そうだったんですね。ごめんなさい、お近くだと思っていたから、ここを待ち合わせに」

いえいえ、と返して、私たちは椅子に腰を下ろす。

私がオーダーしたコーヒーは、速やかにテーブルに届き、しばし世間話をした。

「関西には、今日着いたんですか？」

「ええ、今夜、こちらのテレビ局の人と打ち合わせが入りまして」

「そういえば、あの頃のディレクターさん、お元気ですか？」

「はい。プロデューサーになったんですよ」

「出世されたんですね。そして今や中山さんがディレクター……」

「新人だった私を知ってる芹川先生から見たら、不思議な感じがしますでしょう？」

そんなことは、と私は首を横に振る。

彼女は新人の頃から、仕事に真面目で、自分にも周囲にも厳しく、妥協を許さない、そんなタイプだった。

必ず出世すると思っていた。

そんな彼女だからこそ、私はメールを送ってみよう、と思えたのだ。

他の人ではそうはならなかっただろう。

私は、ごくりと喉を鳴らす。彼女と他愛もない話をしながら、一番聞きたかったことをなかなか口に出せずにいた。

私は先月、メールと共に企画書を送っていたのだ。

『あの企画、どう思いましたか?』

喉元まで出かかるが、怖くて問うことができない。

その前に言うことがあった。

「中山さん、あの頃はご迷惑をかけて、本当にごめんなさい」

私が頭を下げると、彼女ははにかんで首を振る。

「……芹川先生がどれだけつらい思いをされていたか、私には分かっていたつもりです。先生は、人よりも洞察力も観察眼も鋭い、それが作品に活きていた方でした。だけど、その能力を自分を批判する世間に向けたら、つらくて苦しくて大変だったと思います」

彼女はそう言って、コーヒーを口に運ぶ。

私は何も言えずに、もう一度頭を下げた。

「芹川先生は、本当に素晴らしいご活躍でしたよね」

彼女は、眩しいものを見たように目を細めながら言う。

それは、すべて過去形だ。

私がシナリオ・ライターとしてデビューしたのは、二十歳――大学生の頃だ。

大手テレビ局が主催した脚本の公募、『ドラマ・シナリオ大賞』を受賞したのだ。

それから、ちらちらと脚本の仕事をしていたけれど、それだけで食べていけるわけではない。

大学を卒業した私は、子どもの頃からなりたいと思っていた小学校の教員になった。

シナリオの仕事は、大学生のアルバイト感覚でいたためだ。

だが、卒業前に書き上げたシナリオが、大ヒットした。

無名の俳優ばかりが出演していた深夜に放送されたドラマだったため、私は過剰と思えるほどに評価された。

それがキッカケで、大きな仕事が舞い込むようになった。

二十代の私は、ヒットメーカーと謳われ、ゴールデンタイムの脚本を手掛けるようになっていた。

そういうこともあって、私は教員の仕事を辞めて、シナリオ・ライター一本で行くことを選べたのだ。

だけど、三十代半ばになった頃だ。

それまでが嘘のように、まったく数字……視聴率が取れなくなっていた。

決定的だったのは、コケるはずがないと言われている豪華な俳優陣を揃(そろ)えたドラマのシナリオを担当した時のことだ。

ゴールデンタイムだというのに、視聴率が一桁のままで、私は戦犯扱いされた。

それでも、それはたまたまだろう、芹川瑞希の次の作品なら大丈夫だろう、と最初のうちは、仕事の依頼が入った。

だが、次のドラマも、その次のドラマも数字が取れず、私へのバッシングが強くなっていく。

やがて、私の担当がベテランのディレクターではなく、新人の中山さんに替わった。

それから少ししてのことだ。

私は、世間の目と評価の恐ろしさに耐え切れず、そのプレッシャーから一度仕事を投げ出してしまったのだ。

多くの人が、心配して連絡してくれていたというのに、それにも出られず、音信不通を貫いた。

当時、担当をしてくれた彼女に、私は多大な迷惑をかけたのだ。

しかし彼女は世間がそっぽを向いても、私に連絡を取り続けてくれた最後の一人だった。

だが、そんな彼女からもやがて連絡は来なくなり、気が付くと一切の仕事がなくなっていた。

ヒットメーカーと謳われた頃に蓄えた貯金も底を突き始め、私は当然のように、それまでと同じ生活ができなくなった。

当時、住んでいたマンションを出て、なるべく安いところを、と選んだ結果、今のワンルームマンションに行きついたというわけだ。

あの頃に買い揃えた家具もすべて、売り払ってしまっている。

仕事はというと、『芹川瑞希』という名前を伏せて、『ＳＥＲＩＫＡ』という別名でシナリオの仕事を始めていた。

ネットで『ソーシャルゲームのシナリオ募集』というのに自分から応募して、仕事につなぎ、細々とやっている。

無名で実績のない状態なので、大きな仕事が来るはずもない。

だが、名前を出すことは、今も怖かった。

「私、芹川先生の作品、とても好きなんですよ。『てっぺんへ続く道』とか『光の教室』とか。社会のヒエラルキーの底辺にいる主人公が健気で、そこから這い上がっていく姿は、感動を覚えますし、うんとがんばれば報われるって信じられるというか……」

しみじみと言う彼女に、私は気恥ずかしさで目を伏せた。

私の描く作品は、物語や設定は各々違っているが、共通点がある。

過酷で理不尽な状況からスタートした主人公が、がんばることで報われる、いわばサクセス・ストーリーだ。

「ですので、先生が送ってくださった企画書も、とても楽しく拝見しました」

そう続けた彼女に、どきん、と鼓動が跳ね上がる。

期待と不安に、手が震えるのを感じながら、私は顔を上げた。

「すみません。企画書を会議にかけさせてもらったんですが、通りませんでした」

とても申し訳なさそうな顔で、彼女は頭を下げた。

「あ、いえ、会議にかけていただけたなんて、とても嬉しいです」

私は慌てて首を振って、笑顔を作る。

真面目な彼女だから、もしかしたら検討してくれるかも、と微かな期待を抱いてはいた。

けれど、まさか会議にまでかけてくれるとは思っていなかった。

喜びを通り越して、私は心から驚いたと同時に、自分がこの業界ではもう駄目だと決定づけられた気がして、落ち込みもする。

「それなら仕方ないですね。ありがとうございました」

心はショックなのに、私はへらへらと笑って頭を下げる。

彼女はそんな私を前に、ほんの一瞬、目を細めた。

「……お力になれず申し訳ございません」

彼女は、すっ、と頭を下げる。

私は、そんな、と首を振る。

「そして、すみません、そろそろ打ち合わせの時間でして……」

「あ、はい。こちらこそ、すみません」

「失礼いたします」

と、彼女は会釈をして、そのままカフェを後にした。

「……」

私は彼女の姿が見えなくなった後も、すぐに立ち上がる気にはなれず、座ったままぼんやり窓の外を眺めていた。

時間が経って来ると、『わざわざ、そんな酷なことを言うために、私を呼び出したなんて』と、やさぐれた考えも浮かんでくる。

だが、彼女が言っていた通り、私が今もこの辺りに住んでいると思ってのことだろう。

メールのやり取りだけで済むというのに、わざわざ、会ったうえで、言いにくいことを伝えてくれたのだ。

彼女に対し感謝の気持ちも湧いてくる。

「もう、諦(あきら)めた方がいいのかな……」

神様からの啓示だったのかもしれない。

いつまでも過去の栄光にしがみついて、シナリオの仕事から離れられない私に、もういい加減見切りをつけろ、と言われた気がした。

すっかり冷めてしまったコーヒーを口に運び、ふぅ、と息をつく。

「ねぇ、会話聞こえちゃったんだけど、あなたって、もしかして、シナリオ・ライターの芹川瑞希センセ?」

その時、隣のテーブルから男の声がして、私は弾かれたように顔を上げた。

ずいぶんと軽い口調だ、と思ったのだが、彼を見て驚いた。

痩せ形の男の子だった。見たところ、二十歳前後だろうか?

外見は、かなり華やか――というより、とても派手だ。

髪は、表が金色、内側が水色というインナーカラーで、目はカラーコンタクトをしているのか、とても綺麗なグリーンだ。

目の色のインパクトを打ち消すような、赤縁のメガネをしている。

片手にスマホを手にしたままの状態で私を見て、ニッ、と笑う。八重歯が印象的だった。

「あ……、はい」

　こんな若い男の子が私の名前を知っているなんて、と意外に思いながら、私はぎこちなく頷く。

「あなたの書くストーリー、面白いよね」

　メガネの奥の目を細めて、彼はそう言った。

　先ほどと変わらず、とても軽い口調だったが、その言葉は胸に沁みた。

「でもさ、今じゃあ、ウケないよね、あれ」

　そう続けられて、ぎくりと肩が震えた。

「……え？」

　返す言葉が見付からずに、戸惑いの声を上げると、

「時代が変わっちゃってるから。それにそぐわないと、たちまち駄目になるんだよね。とくに、テレビ業界の仕事は顕著に表れるんだよ。電波に乗せるわけだしさ。テレビの仕事をする者は、時代を読まないと、どんなに面白くたって駄目」

　彼は、人差し指を立ててペラペラと言う。

　その話は、ちゃんと耳に届いていたが、頭には入ってきていなかった。

　一体、この子は何を言っているのだろう？

　時代遅れのシナリオ・ライターなんだから身の程を知れ、と言われているのだろう

か？

そんなこと、この子に言われなくたって分かっている。

目頭が熱くなりかけたその時、男性が現われて、背後から彼の頭を軽く叩いた。

「痛っ」

「お前は何を突然、失礼なことを言っている」

と、彼を窘めたのは、黒っぽいスーツ、グレーのネクタイをした四十歳前後の男性だ。

黒髪に冷たげな眼差しと整った顔立ちが印象的だった。

男性は、派手な男の子の向かい側に腰を下ろした。

父親なのだろうか？

だが、父子にしては、二人の歳が近い気がした。

何より、彼らは違いすぎている。エキセントリックな男の子に対して、スーツの男性は教師——いや、『厳しく冷静な教官』といった雰囲気だ。

「彼が、失礼いたしました」

丁寧に頭を下げた男性に、私は、いえ、と首を振る。

「瑞希センセ、このおじさんね、あなたのファンなんだよ」

男の子は、そう言ってくっくと笑う。

スーツの男性は、そんな彼に一瞥をくれて、私の方を向いて、会釈した。

「重ね重ね、すみません」

そんな、と私は首を振る。

もしかしたら、二人は叔父と甥の関係なのだろうか？

「ファンだなんて、嬉しいです」

もう、今となっては自分にそんな存在がいるのか、怪しいところだ。

「あなたの作品は、しっかりとした『常識』を持った主人公が、『試練』に向かい懸命に努力する姿が描かれている。そういう作品は、好感が持てます」

表情も変えずに真剣な口調で言った彼に、私の頬が熱くなる。

彼が私の作品が好きだというのは、社交辞令ではなさそうだ。

「でもさ、書き方が今の時代と違うんだよねぇ」

男の子が、頭の後ろで手を組みながら続ける。

男性が、ぎろり、と睨んだことで、男の子は「さーせん」と肩をすくめた。

「では、そろそろ行こう」

立ち上がった男性に、男の子は「はーい」と腰を上げる。

「あ、瑞希センセ、もし時代を読むことを知りたかったら、ここに行くといいよ。今夜は、満月だからオープンしてるんだ」

男の子は、私の前に一枚の名刺を置いた。

【満月珈琲店】

名刺には、そう書かれている。
住所はどこだろう、と確認すると、二条木屋町下ル。
このホテルの近くだ。
「だけど、『満月珈琲店』なんてお店、あったかな？」
独り言のようにつぶやいて顔を上げた時には、すでに彼らの姿はなくなっていた。
周囲を見回しても姿はない。
窓の外に目を向けると、すでに暗くなっていた。
「時代を読む、か……」
店名を見る限りは喫茶店のようだけど、何か教えてくれるのだろうか？
それは、ドリンク代以外にお金がかかるのだろうか？
高額だったら、どうしよう……。
男の子の外見が脳裏を過る。
華やかすぎて、うさん臭さが漂っていた。
妙に人懐っこかったのも怪しい。

「……帰ろう。たとえ、ただの喫茶店でも、お金がもったいない」

私はおもむろに立ち上がって、ホテルを後にした。

3

ホテルを出ると、地下鉄も京阪の駅もバス停も近い。

だけど、すぐに帰宅する気持ちになれなかった私は、それらに乗ることなく、ぶらぶらと木屋町通に向かった。

ここは、京都の中心部だ。それなりに賑わっているが、春休み中にしては、人はそれほど多くない。

木屋町通まで来て、私は足を止めた。

その通りを北へと進むと、彼が言っていた珈琲店がある。

「店構えを見るだけ……」

私は言い訳するようにつぶやいて、通りに入った。

右側には町家が軒を連ね、左側には高瀬川がさらさらと流れている。

『一之船入』と刻まれた橋が見えてきた。

川には酒樽を載せた船がある。江戸時代、角倉了以という豪商が二条と伏見をつなぐ運河を開いたそうだ。二条から四条の間に九か所の荷物の上げ下ろしをする船溜所(ふなどまりしょ)を作った。ここもその一つで、『高瀬川一之船入』と呼ばれている。

あの船はそれを再現したものだ。

船の周りを囲むように桜の木が並び、花びらを散らせている。

風情のある光景だ。

やっぱり京都はいいな、と心から思う。

私の実家は、広島だった。

初めて京都を訪れたのは、小学校の修学旅行の時だった。

それから京都に強く憧れて、親に頼み込んで京都の大学に進学させてもらったのだ。

在学中にデビューして、この京都で学校の先生にもなれて、あの頃は何もかもトントン拍子だった。

今となっては、そんな日々は、まるで遠い日に見た夢のようだ――。


【満月珈琲店→】

そんな看板が置かれているのが見えて、私は息を呑(の)んだ。

「本当にあったんだ」

看板の矢印が指す方向には、ウナギの寝床のような細い小路がある。

足元をキャンドルライトが照らしていて、とても幻想的で美しい。

どんな店なのだろう？

好奇心が、むくむくと湧き上がる。

そういえば私は探求心旺盛で、執筆している時間と同様に、取材にも時間をかけていた。

わくわくするこの感覚を、いつの間にか忘れていた気がする。

緊張を覚えながら、小路を進んでいく。

トンネルのような門があり、そこを潜（くぐ）ると、鴨川の河原に出た。

「うそ、河原に出ちゃうんだ」

驚きながら顔を上げると、大きな満月が皓々（こうこう）と桜を照らしている。

月の光を受けながら、川は滔々（とうとう）と流れていた。

川下に目を向けるとまん丸い月の下、列車の車両がひとつ、ぽつんとあるように見えた。

よく見ると、それは列車ではなく、車だった。

小型のバスというより、トレーラーだ。窓が二つあり、窓の前にはそれぞれ一人前の飲食物を置ける程度のカウンターがあった。

車のサイドに満月を模（かたど）ったライトが飾ってあり、前に看板が置いてある。

【満月珈琲店】

その名前を目にした時、レトロな喫茶店に違いないと思っていたのだけど、そうではなく、小洒落たトレーラーカフェだったようだ。

暗がりの河原に、ふんわり照らされた明かりが幻想的だった。

店内で飲食するスペースはないようで、トレーラーの前にテーブルセットが三席用意されていた。

そのうちの一席には、うさぎのぬいぐるみが置いてあった。

予約席なのだろうか？

わざわざうさぎの前に、コーヒーカップも置いてある。

テーブルの上にはランタンが置かれていて、キャンドルの火が揺らめいていた。

「素敵……」

どきどきしながら歩み寄ると、

「いらっしゃいませ。どうぞ、お好きな席にお掛けください」

トレーラーの中から、男性の声がした。

落ち着いた、優しい声だったが、姿は見えなかった。

おそらく作業するのにしゃがんでいるのだろう。

私は相手に自分の姿が見えていないのを承知の上で、会釈をしてテーブルに着いた。

鴨川の畔にこんな素敵なトレーラーカフェがあるなんて知らなかった。

あの男の子は満月だからオープンしていると話していたし、いつもあるわけではないのかもしれない。

思い切って来て良かった。

嬉しくなりながら、頬杖を突き、空を仰いで私は驚いた。

満天の星だった。

今の日本では見られないような、鮮やかな星たち。

くっきりとした天の川まで見えて、まるでプラネタリウムで見る映像のような夜空だ。

「……すごい」

私が圧倒されていると、

「ああ、やっぱりここのコーヒーは美味しいですね」

斜め後ろのテーブルからそんな声が聞こえてきて、私は驚いて顔を向けた。

そこは、さっきまでうさぎのぬいぐるみが置いてあった席だ。

うさぎがいた椅子に、今は老紳士が座っている。

黒い燕尾服を纏っていて、まるでこれからパーティに出席するかのような出で立ちだ。

……あんな人、近くにいただろうか？

紳士は美味しそうにコーヒーを飲み干して、おもむろに立ち上がり、カップをトレーラーへと返却した。

「ご馳走様でした、マスター。相変わらず、ここのコーヒーは最高ですね」

「ありがとうございます」

紳士の背中と店から放たれる光でよく見えなかったけれど、カウンターの中にいるマスターは嬉しそうに答えて、カップを受け取っている。

颯爽と歩き出した紳士は、私の方を見て、にこりと目を細めた。

目が合ったことで、私は彼に会釈をする。

すれ違う前に、紳士が私に向かって頭を下げ、ぼそっとつぶやいた。

「……？」

今、なんて言ったのだろう、と私はぽかんとして顔を上げる。

振り返って、目を疑った。

紳士は、うさぎの姿に変わっていたのだ。

川上に向かって、二足歩行している。

「っ!?」

目を擦り、もう一度見た時には、姿はなかった。

気のせいだろうか？

首を捻っていると、

「お待たせしました」

優しい声が届いて、私は振り向いた。

エプロンを着けた大きな大きな三毛猫が、コップが載ったトレイを手にしていた。

「――っ」

私はあんぐりと口を開いて、目の前に現われた猫を見上げた。

身長は、二メートルはあるだろうか。

直立していて、濃紺のエプロンをしている。

顔はまんまるで、目は三日月のように微笑んでいた。

猫が喋った。

猫がトレイを持っている。

何より、猫が巨大だ。

よくできた着ぐるみなのだろうか？

どこをポイントに驚いて良いか分からず、目をぐるぐるさせながら、巨大な猫を上から下まで見る。

もふもふだ。この子に抱きついたら、さぞかし気持ち良いだろう。

混乱しすぎた私は、そんなことまで思ってしまう。

頭の中は疑問符だらけだ。

私は、ただ口をパクパクさせるだけで、言葉が出てこなかった。

三毛猫はそんな私の姿が可笑しかったのか、愉しげに目を細めた。

「お越しくださって嬉しいです。驚かせてしまったようで、すみません」

いえ……、と私は微かに首を振る。

「はじめまして、『満月珈琲店』へようこそ」

三毛猫はそう言いながら、テーブルの上にコップを置いた。

私は、はあ、と、テーブルの上のコップに目を落とす。

緩やかなカーブを描いた小さなコップには、氷が三個と水が入っていた。

テーブルに置いたほんの少しの衝撃を受けて、水の表面にまるで金粉のような小さな光の欠片がキラキラと瞬いていた。

「……？」

コップに顔を近付けたが、もう光は消えている。

気のせいだったのだろうか？

驚きの連続で、喉がカラカラだ。

私はコップを手に、ぐいっと水を飲んだ。

その水は、これまで飲んだどんな水よりも癖がない。

喉元を通りながら、スーッと体に馴染んで、全身に広がっていくような感覚がした。

真に美味しい水というのは、こういう水をいうのかもしれない。

カラン、とコップの中で氷が音を立てる。

まだ肌寒さが残る春の夜に、氷の入った水を飲んで感動するなんて……。

だが、今日はとても暖かい。

水を飲んだことで、私は少し落ち着くのを感じた。

「わたしはこの店のマスターなんですが、今日は、うちの者が失礼しました」

その言葉を受けて、私は小首を傾げる。

「うちの者……？」

私はようやく口を開くことができた。

「はい。うちの者が、ここを教えたでしょう？」

すると、どこからか二匹の猫が現われて、テーブルの上にちょこんと座った。

一匹は、耳が大きくほっそりしたエキゾチックな外見だ。猫が好きだから分かる、おそらくシンガプーラだろう。もう一匹は、黒と白のハチ割れの猫だ。

シンガプーラは、美しい緑色のくりくりとした目をしていて、ハチ割れの方は灰色の目で、細く少しつり上がっている。

二匹は、普通の大きさの猫だった。

「瑞希センセ、ちゃんと来てくれたんだ」

と言ったのは、シンガプーラだった。

すでに巨大な猫が喋っているのを目の当たりにしているので、普通サイズの猫が喋っていても、インパクトは弱いが、やはり驚きはする。

「……え？」

続いてハチ割れが、きりりとした眼差し（まなざ）で、会釈をした。

「芹川先生、先ほどは失礼しました」

彼らの様子から、ホテルのカフェで出会った二人の男性の姿が過り、私は目を見張った。

「もしかして、あなたたちは、あの時の……？　化け猫だったの？」

思わずそう言った私に、三匹の猫は顔を見合わせた後、ぷっと噴き出した。

「人間に姿を変えることはありますが、化け猫とは違います」

「そうだよ、ひってぇな」

そう言ったハチ割れとシンガプーラに、私は顔が引きつるのを感じながら、「ごめんなさい」と、とりあえず謝った。

「この『満月珈琲店』は、猫の喫茶店ってこと？」

私は息を呑むように訊（たず）ねた。

——猫の喫茶店。

自分で口にして、なんてメルヘンチックなファンタジーだろう、と苦笑した。

私はいつの間にか眠っていて、夢を見ているのかもしれない。

というか、こんなことは夢でしかありえない。

そうか、これは夢なんだ。

そう思うと、力が抜ける気がした。

私の問いに、三匹は再び顔を見合わせて、曖昧に頷く。

「一応は、そういうことですね」

とハチ割れが答え、その後にシンガプーラが耳の後ろを掻きながら口を開いた。

「これも仮の姿なんだけどね」

私が、えっ？　と前のめりになった時、ハチ割れが、んんっ、と咳払いをした。

シンガプーラは慌てて、口に手を当てる。

続いて三毛猫のマスターが、あらためて、という様子で胸に手を当てた。

「『満月珈琲店』には、決まった場所はございません。時に馴染みの商店街の中、駅の終着点、静かな河原と場所を変えて、気まぐれに現われます。そして、当店は、お客様にご注文をうかがうことはございません」

マスターは、胸に手を当てて、一礼する。

「こちらから希望のメニューをオーダーできないんですか？」

ええ、とマスターは頷いた。

「さっきいたおじいさんは、コーヒーを飲んでましたけど、それも彼がオーダーしたわけではないということですか？」

「はい」

「私もコーヒーを頼みたかったんです……」

するとマスターは少し申し訳なさそうに、目を細めた。

「当店のコーヒーは、酸いも甘いも嚙み分け、すべてを堪能し尽くした『大人』にお出しすることが多いんです。お嬢さんには、まだまだ」

ふふっ、と笑うマスターに、私は目を丸くした。

「お、お嬢さん？　もう四十ですよ？」

「四十は、惑星期で言うと『火星期』。まだまだ、お嬢さんです」

はぁ、と間抜けな声が出る。

「かせいきって？」

「この地球と共にある太陽系惑星をご存じですか？」

そう問われて、私は、もちろん、と頷く。

「ええと、水星、金星、火星、木星、土星、天王星、海王星、冥王星――ですよね？」

私が子どもの頃は、『すいきんちかもくどってんかいめい』と覚えたものだ。

ああ、でも近年、冥王星は除外されたという話だが……。

そうです、とマスターは、人差し指らしき小さな指を立てる。

「年齢域は、そこに月と太陽も加わりまして、月、水星、金星、太陽、火星、木星、土星、天王星、海王星、冥王星となります」

そう言ってマスターは、惑星期と年齢域について説明を始めた。

——まず、月。

月は、生まれてから七歳までの期間を言うらしい。

この期間に、人は『感覚』『感性』『心』を育てるそうだ。

次に、水星。

水星期は、八歳から十五歳。

小さく窮屈ながらも初めて社会に入り、様々なことを学ぶ時期だ。

人間の世界では、学校がそれにあたるでしょう、と言った。

続いて、金星。

金星期は、十六歳から二十五歳。

水星期の学びに加えて、『自分を飾る』こと、『楽しみを見付け出す』こと、そして『恋をする』ことを覚える時期。

金星は、趣味、娯楽、恋愛を示すそうだ。

ちょうど、高校生あたりから『金星期』に入るそうで、なるほど、と思わされた。

そして、太陽。

太陽期は、二十六歳から三十五歳。水星の学び、金星の楽しみを経て、ようやく自分の足で人生を歩み出すことを意味するそうだ。

「今のあなたは、三十六歳から四十五歳までの『火星期』。様々な学びを自分のものとして、ようやく能力を発揮するという時期なんですよ」

「確かに、その年齢は『働き盛り』なんて言われ方はしますね……」

戸惑いながら、私は相槌(あいづち)をうつ。

続いてマスターは、

木星期は四十六歳から五十五歳、

土星期は、五十六歳から七十歳。

天王星期は、七十一歳から八十四歳。

海王星期は、八十五歳から死に至るまでであり、
冥王星期は、死の瞬間を意味することを伝えてくれた。

「そんなわけで、『火星期』は、星的に言うと、ようやく『成人』として歩み始めたところなんです。ですから、まだまだお嬢さんなんですよ」

あらためて、『お嬢さん』と言われて、私の頬が熱くなる。

マスターは、ですが、と続ける。

「月、水星、金星、太陽期をちゃんと経ていないと、次に進めなかったりすることもあるんです」

「ちゃんと経ていないと、ってどういうことですか？」

身を乗り出したその時、マスターは、まあまあ、と笑って手をかざす。

「それより、お腹がすいていませんか？」

そう問われたことで、急にお腹がすいていることに気が付いた。

思えば昼にインスタントラーメンを食べてから、何も口にしていない。

夢だというのに、どうして、こんなところだけ妙にリアルなんだろう？

ほんのり甘い香りが鼻腔を掠めた。

顔を上げると、マスターが手にしていたトレイの上にホットケーキが載っている。

「当店自慢の『満月バターのホットケーキ』です」

三毛猫のマスターは誇らしげに言いながら、テーブルの上に、ホットケーキと紅茶を並べた。

白い皿に丸いホットケーキが数枚重なっていて、その上に丸いバターが載っている。

「満月の夜の人気メニューなんだ」

「星のシロップをたっぷりかけて、どうぞ」

シンガプーラとハチ割れがそう続ける。

私は頷いて、バターの上にシロップをかけた。

星のシロップは、その名の通り、キラキラと金銀の光を放ちながら、丸いバターの上に落ちて、ホットケーキへと広がってゆく。

「……いただきます」

私はぎこちなく頭を下げて、カトラリーを手にする。

銀色に輝くナイフとフォークは、まるで鏡のように磨かれていた。

ホットケーキを一口大に切って、口に運ぶ。

ふんわりとした優しい甘み。

濃厚なバターに、星のシロップがとても爽やかだ。

懐かしいのに、初めて食べるような味わい。

私は今、これが一番食べたかったんだ、と心から思った。

「――美味しいっ」

まるで生まれて初めてホットケーキを食べたかのように、美味しく感じた。

そうだ。この感動は、もしかしたら幼い頃、初めてホットケーキを食べた時に抱いた感情に近いのかもしれない。

私の様子を見て、マスターとシンガプーラは嬉しそうに微笑んでいる。一方のハチ割れは冷静な表情のままだ。それでも嬉しく思っているのか、尻尾がピンと立っていた。

私は、次にカップを手にした。

紅茶は、ストレートだった。

そっと口に運ぶと癖がなく、渋みもないのに、しっかりと紅茶の旨みがある。

その温かさは喉から体内へと入り、ふわっと何かが体中に広がったように感じた。

「……この紅茶も美味しい」

「紅茶は、満月の夜に摘んだ茶葉を使っています。『解放』のエネルギーを持っています」

と、マスターが説明する。

「解放?」

「ええ、満月は、『手放す』力を持っているんですよ。それは、後悔や嫉妬、執着といった『負』の感情を含めてです」

後悔、嫉妬、執着――。

私はもう一度、紅茶を口に運ぶ。

手放したいのは、それだけではない。

人の目を気にする心、評価への恐怖。

現状を知りたくないと、目を背ける浅ましさ――。

「……そうしたものを本当に手放せるといいな」

つぶやいた時、ぽろりと涙が零れ落ちた。

私は慌てて、涙を拭う。

「どうぞ、お気になさらず。ここには、『猫』しかいません」

さらりと言ったハチ割れに、私は思わず笑った。

続けてマスターが優しい眼差しで、私を見下ろした。

「あなたは、涙を流してこなかったでしょう？　辛い時、苦しい時は、ちゃんと泣かないといけません。水はすべてを流してくれる作用があるんです」

そういえば、これまで辛いことがたくさんあったけれど、涙は流していなかった。

ただ怯えるように丸くなって、身を隠していただけで、泣くことを忘れていた気がする。

今、頬を伝う涙は、とても温かい。

顎先から落ちた時、涙はまるで星のシロップのように、光っている。

「……っ」

これまで押し込めていた苦しかった想いを吐き出すかのように、私は涙を流した。

ひとしきり泣いて、ふと顔を上げると、マスターの姿がない。

シンガプーラとハチ割れもいなくなっていた。

周囲を見回して、振り返ると『満月珈琲店』の中に、三匹の姿があった。

私の視線に気付いて、彼らは会釈をする。

〝どうぞ、ごゆっくり〟

そんな彼らの言葉が聞こえた気がした。

私は会釈を返して、テーブルに目を落とす。

ホットケーキはまだ温かく、満月バターがトロリと溶けて、スポンジに染み入っている。

再びカトラリーを使って、ホットケーキを口に運んだ。

どこからか静かにピアノの音色が聞こえている。

ベートーヴェン。

ピアノソナタ第8番ハ短調作品13番『悲愴』。

悲しいタイトルだと思っていたけれど、とても優しい曲だ。

この河原をゆっくりゆっくり歩いて、足を止めて月を眺めるようなテンポに始まって、夜桜を見ては、在(あ)りし日の想い出に浸るような――。

過去は、楽しいことばかりではない。

本当に色んなことがあったものだ。

振り返ると、今も胸が痛むけれど、すべては過去の『悲愴』。

「もしかしたら、『悲愴』は、傷付いた心を癒す曲なのかもしれない……」

私は静かにつぶやいて、カップを手にした。

大きな満月が、川の水面を照らしていた。

4

「紅茶のお代わりは、いかがですか？　次はミルクを入れて飲むのも良いですよ」

そう声をかけられて、ぼんやりと鴨川を眺めていた私は我に返った。

顔を上げると、三毛猫のマスターが丸みを帯びた銀色の紅茶ポットを手にしている。

「ありがとうございます、いただきます」

私は素直に頷いて、カップを前に出す。

マスターはカップに紅茶を注ぎ、それから白い陶器に持ち替えて、ミルクを垂らした。

「こちらは、ミルキーウェイで汲んだ、星のミルクです」

マスターはそう言って、星空を仰いだ。

天の川まで、くっきりと見える。

天の川は、ギリシャ神話ではミルクと見立てられていた。

琥珀(こはく)色の紅茶は、ミルクが加わることで、たちまち柔らかな素色に変化する。

いただきます、と私はカップを手に、口に運ぶ。

ストレートとは違う、優しい味わいに自然と目尻が下がった。

「紅茶もミルクを入れるだけで、まるで別のものになりますね……」

私がぽつりとつぶやくと、マスターは、そうですね、と微笑んだ。

「さっきマスターが言っていた、月や水星、金星の話……あれも、この紅茶と似ているのかもしれないですね」

「似ていますか？」

「ええ。最初は水で、それからお湯になって、茶葉を入れて紅茶になって、ミルクを注いでミルクティーになって……」

しみじみとつぶやくと、マスターは、ふふっと笑った。

「さすが、脚本家の先生は表現が豊かですね」

「やめてください。ただのたわ言です」

気恥ずかしさに頬が熱くなる。

「ですが、とても分かりやすい表現だと思います。最初は水でも、その後の経験で別物に変わっていくのですから」

その言葉を聞き、私はふと、思い出してマスターを見上げた。

「さっき、マスターが言っていた、『ちゃんと経ていないと』って、どういうことですか？」


——ですが、月、水星、金星、太陽期をちゃんと経ていないと、次に進めなかったりすることもあるんです。


と、マスターは言っていたのだ。

マスターは、ああ、と相槌をうち、私の向かい側の椅子を指した。

「座ってもよろしいですか？」

もちろんです、と私が頷くと、マスターは椅子に腰を下ろす。

大きな猫のマスターには、人間サイズの椅子が少し窮屈そうだ。

「それぞれの時期に、必要な学びがありまして、ちゃんと学んでいないと、補習があるものなんですよ」

そう言ったマスターに、私はピンと来ないまま、はぁ、と洩らす。

「たとえば月の時期――つまりは子どもの頃に、ちゃんと親と向き合っていないと、二十代半ばの太陽期に親と大きく衝突してしまったり、学生時代を示す水星期にちゃんと学問に向き合っていないと、火星期に学ぶことが多くなったりするわけです」

親に反抗できずに育った人が、大人になった際、まるで反抗期が遅れてきたように激突することがある。

以前、対談した大企業の社長の言葉を思い出した。

その社長は、学生時代、勉強を一切せず、高校すら行かずに会社を興した。事業が成功していくにつれて、勉強することが山ほど出てきて、本当に大変だったと話していたのだ。

『人は、いつかはちゃんと勉強しなければならない時が来るものなんですね』と笑っていたのが印象的だった。

私が納得して頷いていると、ハチ割れ猫がやって来てテーブルに乗り口を開いた。

「その点、芹川先生は、月期、水星期をちゃんと経ていますね」

子どもの頃、私は次女だったこともあって、親に対して言いたいことも言えたし、好きなようにやらせてもらった気がする。

要領も良くて、褒められるのが好きだったから、勉強もがんばった。

『瑞希は、学校の先生になれるね』

と、親に言ってもらえたのが、とても嬉しかったのだ。

するとシンガプーラが現われて、同じようにテーブルに乗って腹ばいになりながら頬杖をついた。

「でも、金星期は、恋愛よりも、趣味に偏った感じ？」

ずばり言い当てられて、うっ、と私は身を縮めた。

シンガプーラの言う通り金星期と言われる十六歳から二十五歳の間、私は恋愛よりも趣味に傾倒していた。

小説を書くのが好きで文芸サークルに入り、同人誌を作ったり、バイトをしたりしては、好きな俳優の舞台を観に行くのに精力を注いでいた。

自分の恋愛よりも、創作の恋愛話に夢中になっていた私が、ようやく恋愛したのは、大学四年の頃。

就職が決まった者たちの飲み会で、私は彼と知り合った。

その時、たまたま恋人がいなかったのが、私と彼だけで、

『お前ら、付き合っちゃえよ』

と、ふざけたノリで盛り上げられて、その時は互いに『困ったね』と苦笑していたの

だけど、せっかくだから、と後日二人で映画に行くことになった。

特に彼の外見が好みだったというわけではない。

趣味が似ていて容姿も普通だったので、緊張することもなく一緒にいるのが楽だと感じたのだ。

そのまま、私と彼は付き合うことになった。

六年間交際して、私は彼にプロポーズをされた。

彼は上司や親に『そろそろ、身を固めろ』と言われていたようだ。

でもその頃の私はシナリオ・ライターとしての活動が忙しく、頷くことができなかった。

それがキッカケで、私と彼は破局した。

その後、地元テレビ局のＡＤをしている年下の男の子と親しくなり、そのまま交際。

約十年、だらだらと付き合って、彼はどんどん出世していく一方で、私は落ちぶれていった。

近年は、会うたびに結婚を匂わせる私に嫌気が差したのだろう。

次第に、連絡が途絶えるようになり、最後の言葉は衝撃だった。

『俺、結婚するんだ』

私が彼女だったはずなのに、結婚するってどういうことだろう？

ははっ、と乾いた笑いが浮かぶ。

落ち込みかけたその時、

「恋愛もちゃんと向き合っていないと、そのような結果が出るものです。すべての事象は、自分が招いたことなんです」

と、ハチ割れが冷静な口調で言った。

たしかに、彼との交際の後半は、私は自分のことしか見えていなかった。

いや、見ないようにしていたのだ。

彼の気持ちが私から離れていっているのを感じ取りたくなかったからだ。

目に涙が浮かぶ。

「あー、おじさん、センセをいじめた」

非難するように声を上げるシンガプーラに、ハチ割れはばつが悪そうに顔をしかめる。

「別にいじめたつもりでは……」

「ほんと言い方きついんだからさぁ。ごめんね、センセ。厳しいおじさんはお詫びにとっておきのスイーツを用意してよ」

「……分かりました」

ハチ割れはテーブルを降りて、店内へと入っていく。

彼にいじめられた気はしていないが、とっておきのスイーツは楽しみだった。

マスターは、ぽんっ、と私の背中に手を当てた。

「あなたは、月の時期は大らかに、水星期はちゃんと学問を学び、金星期には娯楽を愉しんだことで、太陽期にしっかり輝けたというわけです」

太陽期、二十六歳から三十五歳は、たしかに私の黄金期だ。

この世のすべてを手に入れたような気持ちになったほどだったのだ。

「でも、どうして今は……」

そこまで言って、苦しさに言葉が詰まる。

すると、マスターが小さく息をついた。

「もしかしたら、太陽期に、ご自分が放つ光に目がくらんでいて、ちゃんと学べなかったのかもしれませんね」

「だねぇ、センセはそもそも、どうして自分の作品がウケたのか、理解しないままやって来ていたでしょう？」と、シンガプーラが続ける。

ずばり言われて私は、うっ、と目を細めると、マスターが、まあまあ、と笑う。

「あなたは今、補習の時期なんです。ですが、その学びから目を背けている」

何も言えなかった。補習がどんなものかは分からないけれど、今、自分が現実から、目を逸（そ）らしているのはたしかだ。

「補習って、どうすれば良いのでしょうか？」

私は顔を上げて、彼らを見た。

「まず、自分を知ること、だな」

そう言って、シンガプーラがニッと笑う。

——自分を知る。

言うのは簡単だけど、実際は難しいものだ。

するとマスターがポケットの中から、懐中時計を取り出した。

「あなたの出生図(ネイタルチャート)を出しても良いですか？」

そう問われて、「出生図？」と眉根を寄せた。

「わたしは『満月珈琲店』のマスターであると同時に、『星詠み(ほしよ)』でもあるんですよ」

「『星詠み』って、つまりは占星術ということですか？」

そうです、とマスターは頷く。

星占いか、と私は肩をすくめた。

私は、あと一日で牡羊座だったという、ギリギリ魚座だ。

そのためなのか、星占いを見ても、ピンと来ないことが多かった。

「センセ、浮かない顔をして、どうかした？」

シンガプーラが私の顔を覗(のぞ)き込んだ。

「星占い、当たってると感じたことが少なくて……」

躊躇いがちに言うと、マスターとシンガプーラは顔を見合わせて、小さく笑う。

「センセ、うちのマスターが見るのは、『占い』とは少し違うんだ」

「『星占い』ではないんですか？」

はい、とマスターは頷く。

「あなたが言っているのは、多分、太陽星座の星占いでしょう？」

はぁ、と私は相槌をうった。

「それは、ある一面にしか過ぎないんですよ。星詠みは、出生図を基にその人のレコードを詠み解くんです」

「レコード？」

ぽかんとした私に、マスターは、あらためて、と言った。

「あなたの出生図を見ても良いですか？」

「あ、はい。大丈夫です」

では、とマスターは懐中時計を私の額に当てた後、蓋を開ける。

中を見てみると、それは時計ではなく、西洋占星術で見る、ホロスコープだった。

マスターが、リュウズを押すと表面が眩しく光り、夜空に巨大なホロスコープが映し出された。

「これが、あなたの出生図です」

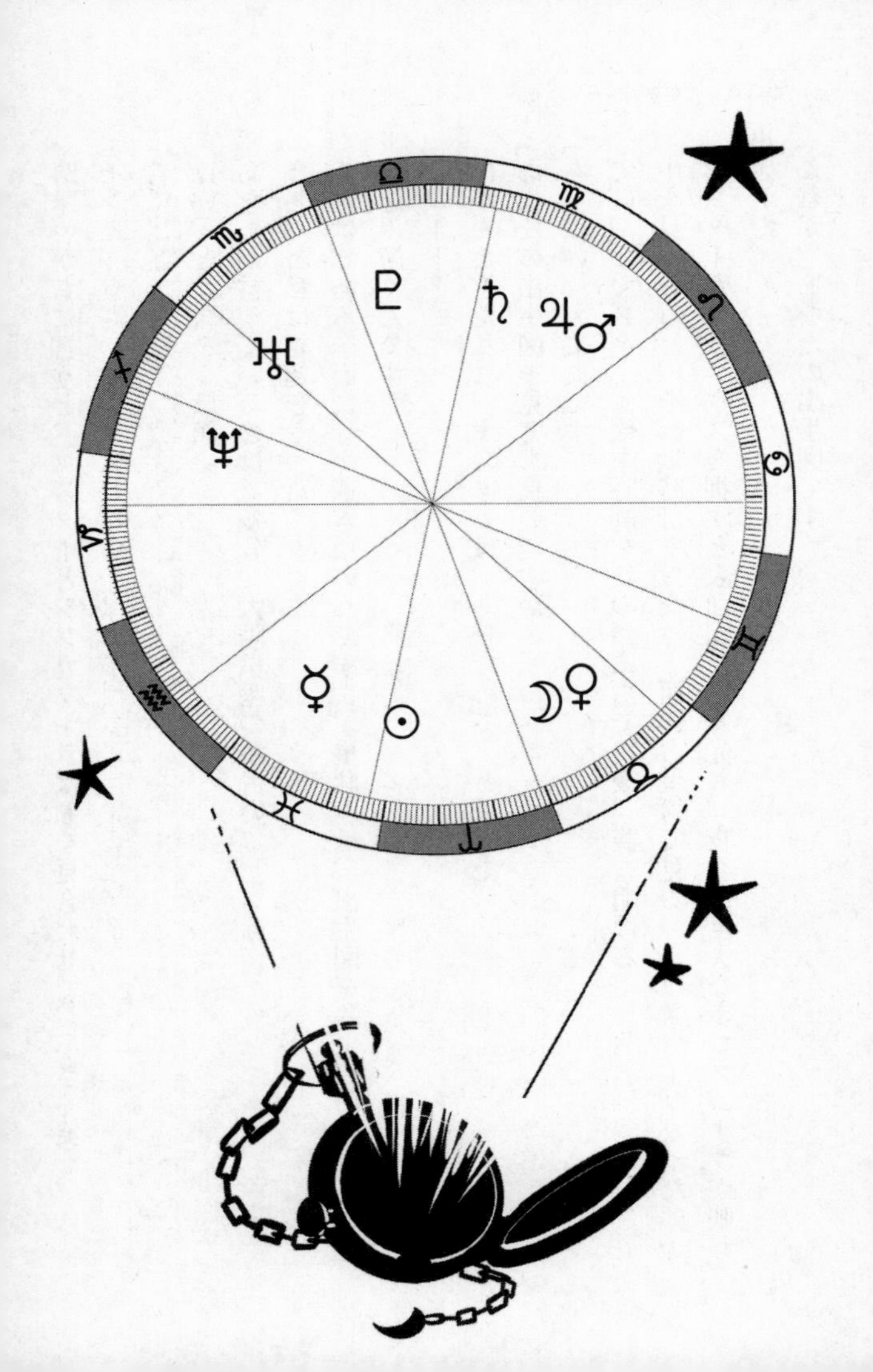

と、マスターが見上げながら言う。

わぁ、と私の口から、自然と声が洩れた。

夜空に投影された巨大なホロスコープに、私は圧倒されていた。

ちょうど視線の少し上にあるので、首が疲れることもない。

「これで、何が分かるんですか？」

「あなたのすべて、です」

すべて、と私は目を丸くした。

つい、そんなわけないだろう、という反発心が浮かんできてしまう。

そんな私の心を察したのか、マスターはホロスコープを見上げて、眩しそうに目を細めた。

「――西洋占星術の起源は、紀元前二千年のバビロニアと言われています。今より約四千年も前に生まれたものなんですよ」

「そんな昔に……」

「はい。古臭いものだと感じるかもしれませんが、四千年前の人間も現代の人間も、知識の量に差はあっても、創造性や思考力に差があったわけではありません。人間の知識は凄いものなんです。知識を結集することで、現代に於いては、人は宇宙にも行けますよね？」

優しく問いかけるマスターに、私は、そうですね、と頷いた。

「当時の人たちは宇宙にも行けるだろう知識を持ち、そのすべてを『占星術』に注ぎこんだのです。それは、『占い』ではなく、学問――『科学』でした。占星術は、人体を宇宙に運ぶことはできませんが宇宙の知恵を借りて、過去も未来も見通せる羅針盤なんですよ」

羅針盤……、と私は静かに洩らす。

「そして出生図は、あなたの基本データです。先ほど、あなたは人生を紅茶に譬えていましたよね？　水がお湯になり、茶葉を入れて紅茶になる、と」

「は、はい」

「人によってはそのスタートが『水』ではなく『ミルク』であったり、はたまたまったく違う、たとえば、『土』だという場合もあります」

そう言ったマスターに、シンガプーラが、なるほどぉ、と頷いた。

「土が粘土になって、やがて建物になるという場合もありそうだ」

マスターが、ホロスコープを仰いで言う。

「この出生図は、あなたが、水なのかミルクなのか、それとも、土なのかを知るものなんですよ」

その易しい言葉は、スッと自分の中に入ってきた。

「つまり、自分の属性が分かるんですね」

そうそう、とシンガプーラが人差し指を立てる。

「属性を知っていれば、『土』が『ミルクティー』になりたいってがんばっていても、そもそも無理だということを悟ることができるってことなんだ」

極端なたとえ話に、私は思わず笑った。

「たしかに、それは無理な話」

そういうことです、とマスターは頷く。

「あらためて、出生図を見てください」

私は素直に、ホロスコープに目を向ける。

「円形になっていて、時計のように十二の部屋に分かれています」

はい、と頷いた。

「今度は、人の人生を植物にたとえましょう。上半分が地上で、下半分は地面の下、根の部分です」

はあ、と私は相槌をうつ。

「根の環境を整えることで、ちゃんと花を咲かせることができます。もし、今、自分の花がちゃんと咲いていないと思う場合は、地中——根の状態を調べなくてはなりません」

南
西
北
東

マスターがそう言うと、ホロスコープの下半分が淡く光った。

「ホロスコープは、天辺が南で、下が北。向かって左側が東、右端が西です。陽が上る東の端から第一室がスタートします。第一室は、あなた自身を示す部屋です」

今度は、第一室が淡く光る。

「……あれが、私自身」

そう言われても惑星の記号もなくピンと来ない。

「あなたの第一室の星座は、山羊座からスタートしていますね」

&を横にしたようなマークは、山羊座のようだ。

「山羊座はとても常識的で真面目かつ勤勉です。そして曲がったことを嫌う。また、野心家でもあることを出生図では暗示しています」

ぐっ、と息が詰まった。

たしかに、私はそういうところがある。

でも、とシンガプーラが、ホロスコープを指した。

「途中で水瓶座に入ってるでしょう？」

見ると、&を横にしたようなマークの下には、波線が二つのマークがある。

あれが、水瓶座のようだ。

「途中から水瓶座の要素も加わって来てるんだよ。冷静に情報を集めて、分析できる能力も備わってきてるってことだ」

はあ、と私は頷く。

「水瓶座のマークは、電波にも似てるでしょう?」

と、マスターが短い指先で、波を二本描く。

言われてみれば、電波に見えなくもない。

「水瓶座は電波——インターネットやマスコミ関係の仕事を司っているとも言われているんです。あなたは子どもの頃に『教師になりたい』と思いその道に進みましたが、結果的に、シナリオの仕事を選んだのは、山羊座から水瓶座に移っているのが影響しているのかもしれませんね」

そこまで言われて、どうしてか私の背筋が寒くなる。

何もかも見透かされているような気持ちになったからかもしれない。

「せっかくですから、水瓶座についてお話ししましょう。今のあなたたちにとって、とても大切なことなので」

マスターは、『今のあなた』ではなく、『今のあなたたち』と言った。

それはどういうことなのだろう?

「あなたたち、というと?」

「今この時代に生きるすべての者たちのことです」

急に大きな話になって、私は目を剝いた。

5

「ついこの前まで、『魚座の時代』だったんですが、今は『水瓶座の時代』に変わったんですよ」

そう言った言葉に、私は小首を傾げた。

「魚座の時代から水瓶座の時代に？」

そうです、とマスターは、懐中時計のようなもののリュウズを押す。

「星詠みの間ではそれは地球の歳差運動により、春分点が魚座から水瓶座に変わったことを指しているのですが――」

今度は、魚が二匹、紐で結ばれている魚座の絵が、ホロスコープの近くに表われた。

「魚座の時代は、キリスト誕生の頃から西暦二千年くらいまでがそうでした」

「約二千年間も魚座の時代だったんですか？」

驚く私に、シンガプーラが「そうだよ」と当然とばかりに言う。

「当たり前じゃん。そして、その後から約二千年間、水瓶座の時代なんだ」

ええ、と私の口から間抜けな声が出た。

マスターは、ふふっ、と笑った。

「そんなわけで、あなたたちにとって『水瓶座』は切っても切れない縁のある星座なんです」

死ぬまで水瓶座の時代ということだ。

もしかしたら、生まれ変わっても水瓶座の時代のままかもしれない。

「魚座の時代は、二匹の魚に示されているように二面性と対立の時代です。支配的な階級社会、学歴社会とも言われていたように、ヒエラルキーのトップに向かって皆が同じ方向へと必死に泳ぐ、それが魚座の時代でしたね」

たしかに皆が、良い学校を卒業し、一流の企業に勤めることを目指してきたのだ。

「今は、違うってことですか？」

そう問うと、シンガプーラが苦笑して、頭を掻く。

「いやぁ、まだちょっと引き摺ってるよ。二千年も続いた時代だから、水瓶座に移ったとしても、パッと変われるわけじゃないんだ」

そうですね、とマスターが頷いた。

「次の時代に変わっても、前の時代の名残りがすぐになくなるわけではなく、十年以上は引き摺るはずです。そうして、少しずつ引き継ぎをするんですよ」

引き継ぎ、と私の頬が緩んだ。

「水瓶座は、どんな時代になるんですか？」

マスターが答えようとすると、それを阻止するように、テーブルの上に座っていたシンガプーラが、すっくと立ち上がって胸に手を当てた。

「水瓶座の説明は、この俺、ウーラノス様に任せてくれよ」

シンガプーラの名前は、ウーラノスというらしい。

珍しい名前だ。

「水瓶座のテーマは、まず革命だ」

「革命……」

「そう、前時代から引き摺る価値観を一新させる。そのために、目を覆いたくなるような天災や人災が起こってしまうことがある。残念だけど、これは避けられない宇宙の仕組みのようなものなんだ」

思えば、水瓶座の時代に入ってから、これまで考えられなかったような事件や自然災害、恐ろしい事象が起こった。

「でも、宇宙の仕組みとはいえ、あんな天災や人災が起こるなんてひどい……」

つい、そんな言葉が私の口から洩れた。

シンガプーラは、まるで自分が責められたかのようにしゅんとする。

するとマスターが、少し申し訳なさそうに口を開いた。

「革命時に、『どんなことが起こるか』は、宇宙が決めるわけではなく、人間が決めているんですよ」

「人間が決めている？」

私は眉根を寄せて、訊き返す。

ええと、とシンガプーラが弱ったようにしながら話し始めた。

「革命って、期末試験のようなものなんだ。それまでにやってきたことが結果として現れるというか……」

私が元教員だから、そんなたとえ話にしているのだろうけどピンと来なくて、曖昧な表情で微かに首を捻る。

そんな私の顔を見て、マスターが小さく笑った。

「たとえば、フランス革命の時、王室と国民の関係が良好だったら、ああいうかたちでの革命にはなっていなかったはずなんです。近年起こった革命も、人間たちがこれまで見て見ぬ振りをしてきた『結果』が、革命時に一気に湧き出たということで、宇宙がそうさせようとしたわけではない。もし一人一人が、すべてにちゃんと向き合って、柔軟な思考を持ち、行動できる人間でいたら、穏やかな革命を迎えることも可能なんです」

マスターの言うことは分かる。

それが理想かも知れない。

でも……、

「そんなの、不可能だよ」

思わずそう言うと、マスターは苦い表情で、ええ、と頷き、シンガプーラは頭を掻いた。

「だから、革命時はいつも頭を殴られたような出来事が起こってしまう。誰もが元に戻ってほしいと願うけれど、もう『戻る』ことはできない。戦争が始まって、戦前の生活を求めても無理なように――」

戦後に新たな世界を始めるしかない、ということなのだろう。

私は苦々しい気持ちで頷く。

「そうして人は、価値観を一新するしかなくなる。世の中は、魚座から水瓶座の時代になる。『集団で同じ頂点を目指す時代』を卒業して『個々の時代』になるんだ」

「個々の時代……」

そう、とシンガプーラは頷く。

「『個』を確立するためにテクノロジーが発達する。一人一人の発言に、重みが出てくる時代に変わるんだ。インターネットの発達と、一般人でもネットで有名になって発言力を持つことなんかは、水瓶座の象徴だ」

へえ、と私は相槌をうつ。

言われてみれば、インフルエンサーといった存在にスポットライトが当たり始めたのは、二〇一〇年を過ぎたあたりからのような気がする。

「個々に発言力がつくというのは、言論の自由の時代になったということだ。だけど、それでは無秩序にもなってしまう。多種共存のエネルギーも強いのが、水瓶座の時代だよ。つまり、人は人、自分は自分ってやつだ。魚座の時代では、適齢期に結婚して、ちゃんと子どもを産み育てるのが『正しい』とされてきたけれど、水瓶座は、それぞれの形で良いだろう、という考えなんだよ」

うんうん、と私は頷く。

諸外国が、同性同士の結婚を認めはじめたのも、水瓶座の象徴なのかもしれない。

「水瓶座は、テクノロジーの象徴である一方、スピリチュアルも意味しているんだ。電波と思想、この二つは、まるで違うようで実は同じ瓶の中にあるものなんだよ」

「電波と思想は、同じ瓶の中……」

私はシンガプーラの言葉を反芻(はんすう)して、深いなぁ、とつぶやく。

思えば、オーラの色や前世といった話題が世に出てきたのも、水瓶座の時代に入ってからだ。

「その他にも、創造性・平等・友愛。自由で自分らしいのが、水瓶座の特徴だ」

えっへん、とシンガプーラが胸を張る。

だが、すぐに我に返ったように頭に手を当てた。

「あ、悪い。水瓶座と俺は密接だから、つい肩入れしてしまった。魚座だって、悪い時代じゃないんだ。過酷だから夢見心地にもなるわけで、魚座は憧れや夢も象徴してるんだ。アメリカン・ドリームとかは、魚座的な話だよ」

マスターが、そうそう、と頷く。

「それに、『シンデレラ』は、まさに魚座の物語のようですね」

なるほど、と私は手をうった。

真面目にがんばっている主人公が思い切って行動を起こして、ヒエラルキーのトップである王子様に見初(みそ)められて、結婚する。

まさに、魚座の時代を象徴するような話かもしれない。

そういえば、私もよくシンデレラ的な話を書いたものだ――。

そこまで思い、私は目を見開いた。

「――思えば、私の書いてきた作品はすべて、『魚座の時代』的な話ばかり……」

そんな私の言葉にマスターは微笑み、シンガプーラが、そう、と頷いた。

「センセの作品が世に出たのは、水瓶座の時代になっていたけど、まだ魚座の名残りが濃かった頃だ。そんな時、大衆は時代の遷(うつ)り変わりを本能で嗅(か)ぎつけながら、懐かしむように、その時代を象徴する物語に飛びつくこともある」

だから、私の作品がヒットしたのだろう。

だが、魚座の引き継ぎが終わろうとする頃、もう見向きもされなくなったというわけだ。

「そっか、本当に用無しなんだ。時代が変わっちゃったんだもんね」

私は自嘲気味な笑みを浮かべる。

「それは違いますよ」

背後で声がして振り返ると、ハチ割れがトレイを手にしていた。

トレイの上には、水瓶を模ったガラス容器があった。

「惑星期の話と一緒です」

と、ハチ割れは、テーブルの上に水瓶の容器を置いた。

ガラスの中は、トライフルだ。

トライフルとは、イギリスのデザートのこと。カスタードやスポンジケーキ、フルーツなどを器のなかで層状に重ねたものだ。

ガラス容器なので、その層を横から見て楽しむことができる。

「惑星期の話と一緒？」

「ええ、それぞれの時代を経て、次の学びに移ります。魚座時代のものを捨てるわけではなく、引き継いでいくんです。拘束されていた二匹の魚は、水瓶座の時代になって、その紐が解かれ、水瓶の中を自由に泳げる時代になったということです」

　水瓶の中には、魚の形をしたゼリーも見えた。

　まるで、スイーツの中を泳いでいるように見える。

「クラシック音楽は、長い年月、愛され続けています。そして、これからも愛されるでしょう。それと同じようにシンデレラのような話も、ずっと求められているということですね」

　と、マスターが言うと、ハチ割れが、ええ、と頷く。

「ただ、水瓶座的な表現に変えなくてはならない、ということです」

　もしかしたら、クラシック音楽も、時代ごとに受け入れられる演奏をしてきたのかもしれない。

　彼らの説明は、すとん、と腑に落ちた。

「さて、ここで、もう一度、出生図を見てみましょう」

　マスターは、夜空のホロスコープに目を向ける。

「先ほど伝えましたが、下半分が地中で、上半分が地上です。何か物事を上手くいかせたい場合、地中――根っこの環境を整えなくてはなりません。第一室が『自分自身』で、第二室は『所有』、『お金』も意味します。ここには、水星が入っていますね」

「水星は、情報や伝達、タイミングを暗示してるんだ」

と、シンガプーラが言うと、ハチ割れも続けて口を開いた。

「あと、知性やコミュニケーションなどもですね。第二室の星座は『水瓶座』から『魚座』です。あなたがお金を稼ぐ手段、つまり職業に選んだ教師と脚本家は、どちらも適職と言えるでしょう。最終的に脚本を選んだのは、イメージをかたちにするのを得手としている魚座の作用かも知れませんね」

教師とシナリオの仕事は、まるで違うようでいて、私の中では自然に感じていた。

それが、すべて出生図に現われていたことに驚きながら、そういうことだったんだ、と納得した。

「でも、今は上手くいってないのは？」

そうですねぇ、とマスターが目を細める。

「選んだ職業は悪くないですし……となると、根っこの根っこは『家』ですね。『家』を示すのは、第四室です。第四室の星座は『牡牛座』。中に入っている惑星は、『金星』と心を意味する『月』で、隣り合っています」

そう言ったマスターに、シンガプーラとハチ割れは、なるほどねぇ、と揃って首を縦に振る。

「えっ、なに、なにが『なるほど』なの？」

「『牡牛座』は、豊穣――豊かさの象徴。家で言うとラグジュアリーな空間を指します」

説明をするマスターに、私は、はい、と頷く。

「そこに『金星』と『月』が入っている。あなたは、あなた自身が『素敵だ』と心から思える空間にいてこそ、仕事に良い結果をもたらすことができるんです。自分が好きではない家にいては、気持ちが落ち込んで、どんどん良くない方向へと向かってしまうんです。ですから、あなたは、ご自分のために、あえて素敵な家に住む必要がある人なんですよ」

ばくん、と心臓が強く音を立てた。

視聴率が取れなくなって、仕事から逃げ出して、収入がなくなった時……。

とても気に入っていたマンションを出て、家賃の安さだけで今の部屋を選んだ。

「で、でも、前の家では生活できなくなっていたんですっ！　それに今の状態で引っ越しなんて、絶対に無理！」

俯き、膝の上でギュッと拳を握り締めて、私は声を荒らげた。

前の部屋を出たくて出たわけじゃない。

無責任にそんなことを言われたくなかった。

すると、シンガプーラが、そうかなぁ、と腕を組み、

「『自分は絶対にここに住み続けるんだ』って、がんばることだってできたんじゃない？　その時、センセは自棄になっていただけでしょう？」

さらっと容赦のないことを言った。

「……」

そう、シンガプーラの言う通りだ。

私は、自棄になっていた。

それまで使っていた家具を、すべてそぐわないと売り払ったのも、そのせいだ。

ハチ割れが、諭すような目で私を見た。

「芹川先生、今すぐ引っ越しをしろという話ではなく、今住んでいる家で、できるだけ快適に過ごせるよう、心掛けることが大事だという話です」

ハチ割れがそう言うと、マスターが、そうそう、と微笑む。

「彼の言う通りです。あなたは、『自分は自分のために、素敵な部屋に住む必要があるんだ』ということを『知る』ことが大事なんです。そして、『いつか自分が最高に気に入る部屋に住めるようにがんばろう』と心に決めること。それが自分を理解するということです」

私はいつの間にか目に浮かんだ涙をそっと拭って、そうですね、と頷いた。

気に入っていない家に住んでいて、すべて安上がりの物で済ませていた。

すっかり、悲劇のヒロインになっていたのだ。

まるで何者かに見せつけるように、欲しいと思ったものを我慢して、節約のためだとインスタントを食べて、大好きなカフェにも行かず……。それこそシンデレラのように、みすぼらしくがんばっていた。

そうすれば、舞踏会の招待状が来るかもしれない、……なんて、心のどこかにそんな気持ちがあったのだ。

でも、実際は違うのだ。

私の場合は、今できる限り快適に優雅に過ごすことで、舞踏会への扉が開けるのだ。

彼らの言葉は、私の中ですとんと腑に落ちた。

「分かります。私は、実家にいた時から、自分の部屋を素敵な空間に飾るのが大好きでした」

マスターは、にこり、と目を細める。

「『自分を理解する』というのは、『自分を大切にする』ことにつながります。そうすると、あなたという星が輝き出すんですよ」

「私という『星』？」

「人も一人一人が、星なんですよ」

ここに来る前なら、確実に苦笑していただろう言葉だ。

でも今は、素直に受け取れる。

私は、はい、と頷いて、夜空を仰ぎ、目を閉じた。

子どもの頃、初めて自分の部屋をもらえた時、心が躍った。

狭い部屋だったけれど、自分なりに最高の空間にしていったのだ。

あの頃に想いを馳せる。

今の部屋だって、自分の工夫でいくらでも素敵になるに違いない。

そう思うと、少しわくわくもしてきた。

「幼い頃を思い出して、なるべく素敵な空間にします」

と、私が目を開けた時には、マスターとシンガプーラの姿はなくなっていた。

店の方に戻ったようだ。

残っているのは、ハチ割れだけ。

彼は空になったカップに紅茶を注ぎ、にこりと微笑んだ。

「ゆっくり、水瓶座のトライフルを召し上がってください」

ハチ割れの笑顔を初めて見た気がする。

とても貴重なものを見られた気がして、嬉しくなりながら、スプーンを手にした。

「はい、いただきます」

では、と店に戻ろうとするハチ割れに、私は「あの」と声をかけた。

ハチ割れは足を止めて振り返る。

「あなたは、なんて名前なんですか？」

「サートゥルヌスと言います」

「サートゥルヌス……」

シンガプーラに続いて、とても変わっていて、どこか大層な名前だ。

その名を、どこかで聞いたことがあった。

ハチ割れは、会釈をして、そのまま店内へと消えていった。

水瓶の中にスプーンを入れて、トライフルを口にする。

「美味しい……」

生クリーム、フルーツ、ゼリーが、それぞれちゃんと自己主張しながらも喧嘩(けんか)することなく、互いを引き立て合うようにして、口の中で溶けていく。

これは、まさに水瓶座のスイーツだ。

満天の星の下、絶品スイーツを食べる。

たまらない時間だ。

すべて平らげて、「美味しかった」と、私は夜空を仰ぐ。

きらきらと星々が瞬いている。

教員時代、生徒たちとプラネタリウムに行った時のことを思い出す。

「金星はたしか、ヴィーナスって呼ばれているんだよね。そして土星がサターン」

サタンなんて、怖い名前だと思ったのだ。

だが、その時の説明で、土星のサターンは、悪魔のサタンではなく、ローマ神話の神の名前、サートゥルヌスに由来することを知った。

つまり、ハチ割れの名前は、――『土星』ということ？

私は、顔を上げて、店の方に目を向ける。

『満月珈琲店』は、なくなっていた。

6

誰かが私に呼びかけていた。

優しい女性の声だ。

「――お客様」

お客様、と申し訳なさそうな声で呼ばれて、私はハッとして目を開く。

きらびやかなシャンデリアが目に入る。同時に、黒いワンピースに白いエプロンを着けた女性が、心配そうに私を見ている姿も見えた。

「お加減は大丈夫ですか？」

「あ……えっ？」

今自分は、座り心地の良いソファーに身を委ねていた。

テーブルの上には、空になったコーヒーカップがある。

ぼんやりしていた頭が次第に冴えてきて、ここがホテルのカフェであることに気が付いた。

どうやら、眠ってしまっていたようだ。

「ご、ごめんなさい、私……」

慌てて立ち上がると、店員は、いえいえ、と首を振る。

「コーヒー、お代わりできますけど、飲んで行かれませんか？」

優しい気遣いにさらに申し訳なくなりながら、私は首を振って、まるで逃げるようにホテルを後にした。

「ホテルのカフェで寝ちゃうなんて、恥ずかしい」

早足で歩きながら、私は静かに洩らす。

しかし、そんな私にスタッフはとても優しかった。

本当は眠気覚ましのコーヒーを飲みたいところだったけれど、あそこで、コーヒーのお代わりをいただけないのが、真面目な第一室山羊座気質なのだろう。

歩きながら、ふと、そんなことを思い、頬が緩んだ。

夢の中での出来事が、しっかりと自分の中に残っている。

不思議な夢だった。

大きな猫の星詠みマスターと、ハチ割れのサートゥルヌス、シンガプーラのウーラノス。

「ウーラノスも、星の名前なのかな……?」

私は足を止めて、スマホを手にした。

ウーラノス、星、で検索する。

出てきた星の画像は、革命を司る星——天王星だった。

あの二匹の猫は、土星と天王星という名を持っていたのだ。

私は思わず息を呑み、空を見上げた。

夢の中で見た、満天の星とは違い、星がまばらだ。

「やっぱり、夢だったんだよね?」

それでも、彼らの言葉は、しっかり自分の中に残っていた。

魚座の時代を経て、今は水瓶座の時代となった。スピリチュアルで、ネット社会で、各々の個性が尊重される時代と、彼らは言っていた。

この水瓶座の時代、ソーシャルゲームのシナリオを手掛けられているなんて、ラッキーといえるだろう。

このチャンスを無駄にはしたくない。

脇役とのハッピーエンドだから、『そこそこの内容』にするなんて意識せず、『とびきりのラブシーン』がなくても、とても良い話に仕上げたい。

『もっとがんばってプレイしたら、最高のラブシーンを読めるかも』と思ってもらえたら、私はライターとして、冥利に尽きる。

そんな良い仕事をするには……。

「とりあえず、花でも買って帰ろうかな。あと、素敵なカップ&ソーサーも……」

花を飾ったら、美味しい紅茶を淹れて、張り切って仕事をしよう。

そうして、いつか……。

もう一度、『満月珈琲店』に行きたい。

「その時は、コーヒーを淹れてもらえたら、嬉しいな」

私は、軽い足取りで河原町通を歩きながら、小さく笑った。

第二章

満月アイスのフォンダンショコラ

1

「やっぱり会うんじゃなかった」

私――中山明里は、窓の外をぼんやり眺めながら、ぽつりとつぶやいた。

ここは、ローカルテレビ局の社内、会議室だ。

約束の時間よりも早く着いたので、コーヒーショップで買ったカフェオレを手に、窓際の席に座り、先程の出来事を思い出していた。

『企画が通りませんでした』

その言葉を伝えた時の、芹川瑞希の姿が脳裏を過り、大きく息を吐き出す。

結果的に、かつて、ヒットメーカーと謳われたシナリオ・ライターの彼女に、今はもうあなたの作品は通用しない、と突きつけたかたちになる。

やはり、文面で伝えれば良かった。

最初は、メールで済ませるつもりだったのだ。

だが、京都に出張が決まったことで、どうしても彼女に会いたくなった。

私が、彼女と懇意にしている理由は、作品を認めていることだけではない。

もうひとつ、理由があった。

それは、とても些細なことだ。機会があれば、彼女にそのことを伝えようと思っていたのに、伝えられないまま今に至っている。

「まるで、死刑宣告をした気分」

ぽつりとつぶやいた時、

「死刑宣告をした気分じゃなくて、これからする気分でしょう、明里チャン」

横から声がして、私は弾かれたように顔を向けた。

よく顔を合わせるスタイリストだった。

会議室の扉が開放されていたので、私の姿を見て、入ってきたようだ。

「参っちゃってるでしょう？　メインで出演する予定だった女優の不倫がスッパ抜かれたなんて。今回、そのことで来たのよね？」

彼は、オネエ言葉を使う四十代前半の男性だ。顎にお洒落髭を生やし、緩くパーマがかかった少し長い襟足の髪を無造作に後ろで一つに結んでいる。

苗字は分からないが、名前は『次郎』というらしく、皆から『ジローさん』と呼ばれている。

彼は、優しく人当たりが良く、空気が読めて、とっつきやすい雰囲気のため、どこに行っても人気者だった。

私は、そんな彼が少し苦手だった。

どうにも、居心地が悪い気分になるのだ。

「ええ、そうなんですけど……」

「けど？」

「ここに来る前、芹川先生に会ってきたんです」

「芹川先生って、脚本家の芹川瑞希？」

はい、と私が頷くと、彼は「やーん」と黄色い声を上げた。

「アタシ、芹川瑞希作品のファンなのよぉ。もしかして、また彼女のドラマが観られるのかしら？」

次郎は頰に手を当てて、体をくねらせた。

そんな彼に、私は苦い表情で目をそらした。

「そうじゃないんです」

静かにそう告げると、察しの良い彼は、そう、と神妙な顔つきになる。

「そっか、死刑宣告した気分ってそのことね」

はい、と私は頷いた。

「ずっと音信不通だった彼女から、突然企画書が届きまして……」

「それが全然ダメだったんだ？」

「ダメ……ではないんです。悪くなかったので、会議にかけたんですが、『ちょっと今の時代とは違うね』って感じで……」

　そお、と次郎は神妙な顔を見せる。

「それって、なかなか難しいわよね。実際、ちょいレトロなものもウケたりすることもあるわけで。まぁ、そういうのって、レトロに振り切ってるから面白かったりするわけなのよね。中途半端なカフェより、純喫茶がいいっていうか」

　突拍子もないようだが、彼の言葉は的を射ていた。

　彼女の企画書は、メニューは悪くないけれど、店構えが中途半端で客層の想像がつかないという感じだったのだ。

「でもさ、メールで『駄目でした』って伝えずに、わざわざ会ったってことは、アドバイスをしに行ったんじゃないの？」

　そう問われて、私は息を詰まらせた。

　相変わらず、鋭い人だ。

　彼のこういうところを、私は苦手としているのかもしれない。

　そう、私は彼女に会って、確かめたかったのだ。

　芹川瑞希に今も光るものがあるのかどうか。

　野心――という言葉を嫌う人もいるかもしれないが、どんな業界でも、それがない者に、成功はありえない。

もし、成功したとしても、ほんの一時の幸運に終わる。

瞳に野心を宿しているかどうかで、仕事への熱量が分かる。

どれだけ、本気で向き合っているかが、分かるのだ。

芹川瑞希が第一線で活躍していた時は、良い意味で瞳に野心を宿し、キラキラと目を輝かせていた。

仕事の低迷や、企画書が通らなかったのは、仕方がない。

それはきっと、誰にでも起こりえるだろう。

今も彼女の瞳に強い輝きがあれば、と思ったのだが、会って驚いた。

彼女は、すっかりくすんでしまっていたのだ。

「芹川先生に企画が通らなかったことを伝えたんですが、ショックを受けた様子ではあったものの、へらへら笑って引き下がったんですよ。……以前の彼女なら、『それじゃあ、どうやったら通ると思いますか？』って食いついてきたと思うのに、それすらなくなっていたんです」

私は独り言のように零す。

なるほどねぇ、と次郎は腕を組みながら、相槌をうった。

「明里チャンは、相変わらず厳しいわ」

「厳しいですか？」

同僚にそう言われたことはあるけれど、スタイリストである彼の前で、厳しい姿を見せた覚えはない。それなのに、相変わらずという言葉まで添えて、厳しいと言われたのは、意外だった。

もしかして、私のネガティブな評判が流れているのだろうか？

すると、彼は小さく笑う。

「あ、ごめんなさい。なんとなくよ。別に『厳しい女』って評判が流れてるわけじゃないから、安心して。傍で見ているだけなんだけど、明里チャンは、自分にも他人にも厳しい感じがしてね」

さらりと言う彼に、私は苦笑した。

「次郎さんって、ふんわりしてるのに、察しがいいですよね」

「うん、それはよく言われる」

「私の仲の良い幼馴染みが、美容師をやっているんですが、彼女も次郎さんのように、ふんわりしているのに鋭いんですよ。美容関係に携わる人って、そういう方が多いんでしょうか？」

真顔で問うと、彼は、ぷっ、と笑った。

「それはどうか分からないけど、スタイリストも美容師も『人を見る』仕事でもあるから、どうしても鋭くなっちゃうのかもしれないわね」

なるほど、と私は納得する。

真摯なスタイリストや美容師は、外見だけじゃなく、その人の好みや理想を含めて、すべてを見ようとする。

自然と察しが良くなるものなのかもしれない。

「明里チャンの髪は、いつもその友達に切ってもらっているの？」

「あ、いえ。その友達は地元——京都に住んでいて私は東京なので、いつもというわけではないんですけど」

「あら、幼馴染みの地元が京都ってどういうこと？　明里チャンは東京の子よね？」

「はい。両親共に関東なんですが、父の仕事の関係で小、中学校は京都で過ごしたんですよ。その友達は、その間、ずっと仲良かったので」

そういうことだったの、と次郎さんは腕を組む。

「その子、腕はいいのかしら？　実は美容師スタッフがほしいと思っていたのよねぇ」

「腕はいいですよ。大阪の有名な美容室に勤めていたんです。でも、どうしても合わなくて辞めてしまったんです。今はご両親が経営している理美容室に勤めているんですよ。とても居心地が良いみたいです」

「あら、そうなの。それじゃあ、駄目かしら」

「一応、次郎さんの言葉を伝えておきます」

「ありがと。そうだ、連絡先、交換してもいい？　これ、あたしのQRコード」

と、次郎さんは、名刺を手渡す。

「あ、はい」

私はすぐにスマホでコードを読み込んで、彼の連絡先を登録した。

「明里チャンと知り合って結構経つけど、やっと連絡先交換できたわね、嬉しいわ」

にこり、と微笑んだ次郎に、私は思わず目を逸らし、話題を変えようと口を開いた。

「そういえば、さっき言ってたことですけど」

「なにかしら？」

「私が厳しい、って」

ああ、と彼は頷く。

「芹川先生に直接会って、企画が通らなかったことを伝えたことでしょうか？」

やはり残酷だっただろうか。

私は胸が痛むのを感じながら、目を伏せる。

「違うわよ。そんなんじゃなくて。明里チャンは、芹川先生に会って、仕事への強い意欲を感じられたら、何とかして救済したいと思ったんでしょう？　けど、彼女は、企画が通らなかったと聞いて、スッと身を引いてしまったのよね？」

はい、と私は頷く。

「そんな彼女を見て、明里チャンは『その程度の情熱ならばいい』と判断したわけよね？」

「そう……かもしれません」

そこまで具体的に思っていたわけではないが、あらためて問われると、そういうことだろう。

「そこが『厳しい』って思ったってことよ」

「私、間違っていますか？」

「間違ってる、間違ってないの話じゃなくてね。芹川先生は、きっと勇気を振り絞って、あなたに企画書を送ったはずよ」

「そうだと思います」

だからこそ、簡単に引き下がるべきではないと、私は思った。

「かき集めた勇気は、『拒絶』という強風を前にすると、簡単に吹き飛ばされてしまうものなのよ。食い下がれるというのは、自信がある人だけができることなのよね」

以前のキラキラしていた芹川瑞希の姿が脳裏を過る。

たとえボツになっても、『それじゃあ、どのようにしたら良いでしょう？』と、食いついていた彼女の姿に、私は圧倒されながら尊敬もしていたのだ。

だが、次郎に言われて気が付いた。

あんなふうになれたのは、彼女は当時、自信という鎧を纏い、実績という武器を手にしていたからなのかもしれない。

私が黙り込むと、でもね、と次郎は腕を組む。

「明里チャンの言葉も一理ある。せっかく勇気を振り絞って明里チャンに会えるところまで漕ぎ付けたんだから、そのチャンスを簡単に手放しちゃダメよね」

彼が気遣っているのを感じて、私は返答に困り、曖昧に相槌をうった。

「それにしても、明里チャンは、芹川先生に対して、随分懇意にしているのね？　もしかして、彼女のファンだったの？」

「それは、もちろん。あと、それとは別に、もうひとつ理由があって……」

「もうひとつ理由？」

「芹川先生とは縁があるんですよ」

「あら、どんなご縁？」

「デビュー前の彼女を知っているんです。彼女は私をまったく覚えていなかったようなんですが、私の方は覚えていて、私は彼女に『人を助ける素晴らしさ』を学んだんです。だから、私も彼女をできるだけ助けたいと思っていたのもあって……」

彼女の方からしてみれば、関わりが深かったわけではないから、私のことは覚えていなくて当然だろう。

だが、私の方は、とても素敵な人だと思ったから、よく覚えていたのだ。

このことは、いつか話そうと思いながら、話しそびれていた。

「あら、どんなエピソードなの？」

と、次郎が前のめりになった時、扉の方から男性の声がした。

「中山さん？」

顔を向けると、三十代半ばのスーツを纏った男性が、顔を出していた。

彼は、広告代理店の営業、塚田巧。

彼と顔を合わせたのは、半年ぶりだろうか。

私は基本的に東京で仕事をしていて、西日本エリアを担当している彼は、関西に単身赴任している。

私がこっちに出張に来た時は、よく食事をしたり、飲みに行ったりと、割と良好な関係だったのだ。

次郎が「あら」と声を上げる。

「塚田クンじゃない、相変わらずイケメンね」

塚田は、いやいや、と笑う。

「たしか、もうすぐ奥様、ご出産だってね。おめでとう、塚田クン」

そう続けた次郎に、塚田はばつが悪そうに会釈を返して、私に視線を向けた。

「あの、中山さん、ちょっとだけ話せますか？」

「……すみません、もうすぐ、ここで打ち合わせがあるので」

「五分だけでいいんです」

と、彼は手を合わせる。

「いえ、本当にもう始まるので、すみません」

私は目も合わせずに事務的に返す。

平静を装っているつもりでも、私の手が小刻みに震えていた。

塚田は、そうですか、と残念そうに言い、その場を後にする。

その姿が見えなくなり、私は、ホッとして肩を落とした。

次郎は、へぇ、と洩らして、腰に手を当てる。

「……明里チャン、塚田クンと何かあったのね？」

私は何も言えずに、口を噤んだ。

「彼と不倫してたの？」

ずばり問われて、私は弾かれるように顔を上げた。

「そ、そんなんじゃありません！　私は、彼が既婚者だなんて知らなかったんです。あの人、金属アレルギーで指輪をしていなくて、自分が結婚してるって私に言ってなくて……だからっ」

一気にそこまで言って、こんなことを咄嗟に口にしてしまったことに、私は自分で驚いた。

このことは、美容師をやっている幼馴染みの親友以外、誰にも話していない。仕事で関わる人に言ってしまうなんてもってのほかだ。

何より、よりによって、この人に話してしまうなんて……。

「知らずに、付き合っちゃってたんだ？」

「……付き合うまでは行ってないです」

滲んだ涙を見られたくなくて、私は目を伏せた。

「ああ、そういうこと」

みなまで言わずとも、次郎はすべてを察したように頷き、

「それは辛かったわね。明里チャンみたいな子は余計に。良かったら、いつでも話を聞くわよ」

そう言って、ぽんっ、と私の肩を叩く。

私は何も返すことができなかった。

その後、すぐに、番組ディレクターや制作スタッフが会議室に入ってきた。

「それじゃあ、そろそろ行くわね。がんばって」

次郎は、ひらひら、と手を振って会議室を出て行き、彼と入れ違いに女優・鮎川沙月

が部屋に入ってきた。

年齢は、二十代半ば。美人というよりも、可愛らしいタイプだ。

人懐っこい笑顔が、お茶の間の心をつかみ、人気があった。

そんな彼女が、既婚者俳優と不倫していた記事が週刊誌に載ったのは、つい先日のこと。

それまで彼女を褒めていた世間は、掌を返してバッシングを始めた。

連日のように、テレビでもSNSでも、彼女の不倫の話題で持ち切りだ。

余程、心に堪えているのだろう。

溌剌としていた彼女だったが、今は別人のようになっている。

顔色は悪く、表情は暗く、肌も髪も艶を失い、一気に五歳は老け込んだようだ。

いつも『おはようございまぁす』と、明るい声を上げる彼女だが、今日ばかりは、

「……おはようございます」

と消え入りそうな小さな声で言って、椅子に座る。

これから、降板を告げられることを察しているのだろう。

俯いたまま、膝の上で拳を握り締めていた。

「明里チャン、口火を切ってくれないかな」

そうディレクターに耳打ちされて、私は重々しい気持ちで頷いた。

今日は、二度も死刑宣告をしなくてはならない気分だ。

2

――打ち合わせが終わり、私は後味の悪い気持ちで、社内の廊下を足早に歩く。

胸の内が吐き気を催している時のように、むかむかしていた。

すれ違うスタッフたちに、お疲れ様です、と笑顔を作って会釈しながら、私は一刻も早く建物から出たかった。

「はぁっ」

建物を出るなり、私はようやく呼吸ができたかのように、大きく息を吐き出した。

陽はとっぷりと暮れていて、あたりはもう暗い。

とはいえ、目の前は烏丸通という結構大きな通りだ。行き交う車が多く、飲食店が軒を連ねている。

烏丸通の向こう側には、『京都御苑』があった。

少し南に下れば、地下鉄丸太町駅があり、すぐにそれに乗って帰るつもりだったが、このもやもやした気持ちを抱えたままホテルには戻りたくなかった。

「少し散歩しよう」

私は静かにつぶやいて、『京都御苑』の中に入った。

ここは、地元の人たちに、『御所』と呼ばれている。『京都御苑』と『京都御所』は、同じように思っている人も多いが、少し違っている。

旧皇居が『京都御所』であり、それを取り囲む公園部分を『京都御苑』と呼ぶ。

『京都御苑』は、厳かな場所ではあるが『公園』だ。基本的に二十四時間開放されていて、いつでも散歩できた。

ここは、広く緑が豊富だ。

森や原っぱ、池や神社まである。

ここでフリーマーケットが開かれていることもあるが、陽が暮れた今はひと気がなく、とても静かだ。

私は、敷地内をぶらぶらと歩く。

ふと、会議室での出来事が頭を掠めた。

女優・鮎川沙月は、涙ぐみながら、『ご迷惑をおかけして、本当に申し訳ございません。全面的に私が悪いんです。私の心の弱さが招いたことです』と、まるで記者会見のようにしきりに謝っていた。

スポンサーの意向により、降板を余儀なくされた事実を私が伝えると、彼女は、やっぱりそうなんですね、と泣き崩れた。

彼女は、ひとしきり泣き、やがて拳を握り締め、

『……でも、私は悪かったかもしれないけど、どうして私だけ、こんな目に遭うんですか？』

と、俯いたままつぶやいた。

『だって彼の奥さんや子どもが怒るなら分かります。どうして何も関係ない世間の人たちが、あんなに怒るんですか？ 世間の人たちには何もしてないのに！ それに、世の中には不倫している人なんていっぱいいて、みんな同罪じゃない？ それなのに、私だけまるで人でも殺したような扱い！ みんな同じだけ迫害されないと、納得いかないですっ！』

これまでに溜まり溜まったものがあるのだろう。

彼女は泣きながら、部屋を飛び出したのだ。

すぐにマネージャーが彼女を追い駆けたが、つかまえられなかったようだ。

私たちはしばらくの間、会議室で彼女が戻るのを待っていたが、マネージャーから、

『おそらくホテルに戻っていると思うので、皆様、どうかお帰り下さい。申し訳ございません』

そんな連絡が入ったことで、私たちは解散した。

『みんな同罪じゃない？』と言い放った鮎川沙月の言葉を思い出しては、胸がズキンと痛む。

俯きかけると、どこからか、ひっく、というしゃっくりが聞こえてきて、私は顔を上げた。

音がした方に目を向けるとベンチに、女性が座っている。

暗がりでよく見えないが、泣いているのだろうか？

と思ったら、彼女は、コンビニ袋から缶ビールを取り出して、口に運んでいた。

かなりの勢いで、飲んでいる。

失恋でもしたのだろうか？

絡まれたら面倒だから、すぐに退散しよう。

そう思い、回れ右をしようとして、足を止めた。

厚い雲が風に流れて、大きな満月があらわになる。

辺りが明るくなったことで、ベンチに座っている女性の姿がはっきりと見えた。

女優の鮎川沙月だった。

「鮎川さん……」

私がそう洩らすと、彼女はこっちを見て、

「あれれぇ」

と、酔っぱらった様子で立ち上がる。

「中山明里さんじゃないですかぁ。今日はお疲れ様ですぅ」

千鳥足で近寄ってきたかと思うと、その場に尻餅をついた。

「だ、大丈夫ですか。きっとマネージャーさん、心配してると思いますよ」

私は彼女の元に駆け寄って、その腕を摑み、ゆっくりと立たせた。

「心配なんてしてないですよ。私のスケジュールはぜーんぶ白紙になりましたから」

大きく手を広げて、あはは、と彼女は笑い、くるくる回り出す。

「ちょっ、鮎川さん、大丈夫ですか？」

私はすぐに彼女の体を支えた。

「こうして、こんなひと気のないところで一人で酔っぱらってるんですよ？　大丈夫なわけ、ないですよね？　意外と中山さん、アタマ悪い」

口に手を当てて、ぷぷっ、と笑う彼女に、苛立ちが募る。

「そこまで元気でしたら心配ありませんね」

そう言って彼女から離れようとした時、

「ねぇ、中山さん、不倫してるの？」

と言われて、私の肩がぎくりと震えた。

「私ぃ、早く着いたから、控室で休んでたの。でも、トイレに行きたくなって会議室の前通った時、次郎ちゃんとの会話、聞こえちゃったんだぁ。中山さんも不倫してるんでしょう？　それなのに、よく、『あなたは降板です』なんて言えるよね。そういうの、面の皮厚いって言うんだっけ？」

また彼女は、あはは、と笑う。

「してないっ」

私は、喉の奥から絞り出すようにして叫んだ。

迫力を感じたのか、鮎川沙月が気圧（けお）されたような表情になる。

「してない。断じて、私は不倫なんてしてない」

そう言って両手で頭を抱えた私に、

「わ、分かったわよ」

鮎川沙月は、少し酔いが醒（さ）めたような表情でつぶやく。

その時だ。

ぼんやりと柔らかな光を目の端で捉えた。

私も彼女も、その光を確認しようと視線を向ける。

大きな木の下にトレーラーカフェがあった。

今そこに着いたところなのか、濃紺のエプロンをした若い女性が、テーブルと椅子をセットした後に、【満月珈琲店】という看板を出している。

「こんな時間に、出店するんですね……」

「本当ね」

私と鮎川沙月は、思わず顔を見合わせる。

もう一度、トレーラーカフェに目を向けると、女性の姿はなくなり、今度は、真っ白なペルシャ猫が、手招きするように片手を上げて、こちらを見ていた。

3

ひと気のない夜の『京都御苑』の中に、ふっ、と現れたカフェ『満月珈琲店』は、まるで丸い月の光をスポットライトのように浴びて、店自体も柔らかく仄(ほの)かな明かりを灯している。

古き良き喫茶店の前を通った時のような、コーヒーの良い香りが漂ってきていた。

先ほど、女性が出していたテーブルの上にはペルシャ猫がいて、今も私たちの方を見ている。

あの女性とお揃いなのか、濃紺のエプロンをしていた。

コーヒーの香りと、猫の不思議な瞳に魅せられたのかもしれない。

「……鮎川さん、酔い覚ましにコーヒーでも飲みませんか？」

「いいですね」

私たちは引き寄せられるように、『満月珈琲店』に向かった。

店の近くまで歩み寄ると、テーブルの上にいたペルシャが、まるで、みゃあ、とでも鳴くように口を開き、「いらっしゃいませ」と言った。

私たちは、ぎょっ、と目を見開く。

誰かが腹話術でもしているのだろうか？

思わず、店の方に顔を向ける。

カウンターの窓からは、ハチ割れ猫が、きりり、とした表情でこちらを見ていた。

「猫カフェ？」

「えっ、なにこれ、猫が喋っているなんて……」

鮎川沙月も怯えた様子で私の腕を摑み、そっと耳打ちした。

『中山さん、これは多分、バラエティ番組のドッキリだと思う。調子を合わせて』

彼女の言葉に、私もすぐに納得した。

それはそうだろう、こんなことが起こるはずがない。自分も制作に携わる身でありながら、すぐに気付かないなんて恥ずかしい話だ。

鮎川沙月は、さすがプロだ。

本当に驚いた様子を見せながら、視聴者の視線を意識している。

不倫のニュースで多くの仕事が白紙になった彼女にとって、ドッキリを仕掛けてもらえるというのは、ありがたいことだろう。

起死回生のチャンスだと思っているに違いない。

そんな私たちを見て、ペルシャは、うふふ、と笑う。

「驚かせて失礼しました。私は『満月珈琲店』のスタッフです。ただ今、マスターは不在ですが、わたくしヴィーナスとあちらのサートゥルヌスが、今宵の担当をさせていただきます」

ペルシャは、ヴィーナスというらしい。

大層な名前のようだが、黄金のような輝く黄色い目がまるで金星のように美しく、ピッタリの名前だと感じた。

おそらく彼女の綺麗な声は、裏で声優が話していて、それがエプロンに隠したスピーカーから出ているのだろう。

猫が演技をできるとは思えないから、よくできたロボットなのかもしれない。

それにしても、今の技術はすごいものだ。

「あ、あの、コーヒーをいただけますか?」

そう問うと、ペルシャは申し訳なさそうな表情をする。

「当店は、お客様からご注文をうかがわない方針なんです」

「えっ、それじゃあ、注文できないということ？」

これには素で驚いたのか、鮎川沙月は目を剝いている。

「はい。その代わり、私どもが、あなた様のためにとっておきのスイーツやフード、ドリンクを提供いたします」

そう続けたペルシャに、私は、なるほど、と頷いた。

「つまり、『お任せ』ってことなんですね」

「そういうことです。ではでは、どうぞお掛けください。昔馴染みのお二人が揃ったのですから積もる話もあるでしょう。……カメラは回っていませんから、ごゆっくりお過ごしくださいね」

ペルシャはいたずらっぽく笑いながら、テーブルの上に水を二つ置き、店内へと入っていった。

私は、ぎょっとして、目を見開く。

「『カメラは回っていない』って言いましたよね」

「多分、ドリンクとかが届くまでは止めておくってことじゃないかしら。猫が喋るなんてありえないから、私たちにバレているのは承知の上なんだと思いますよ」

鮎川沙月は、なんでもないことのように言って、椅子に腰を掛け、すぐに水を口に運ぶ。

私も向かい側に座り、首を傾げた。

「それと、『昔馴染みの二人』って、どういうことでしょう?」

すると鮎川沙月は、ふふっ、と笑った。

「中山さん、知らなかったんですか?」

「何がですか?」

「私と中山さん、小学校が同じなんですよ」

えっ、と私は目を瞬かせた。

思えば、鮎川沙月は、京都出身という話だ。

「鮎川沙月っていうのは芸名だし、私、子どもの頃、暗くて地味だったから分からなくて当然かもしれないですけど」

そう言う彼女を前に、私は動揺を隠せず、前のめりになって訊いてしまう。

「それじゃあ、私と鮎川さん、関わりがあったんですか?」

いいえ、と彼女は首を振った。

「私は、年下なので学年も違いますし、ほとんど関わりがなかったんですけど、中山さんは、同じ登下校班の班長さんだったから、私は覚えているんです」

学年が違っていれば、覚えていなくても無理はない。

だけど、いくら地味だったとしても、こんなに目を惹く容姿の彼女だ。

覚えていそうなものなのだけど……。

　思わず俯き、考え込んでいると、彼女は笑った。

「私、子どもの頃、とっても太っていたんですよ。歩くのが遅くて、迷惑かけていたくらいで」

　その言葉に、ふと、ぽっちゃりした下級生がいたのを思い出し、私は、ああ、と顔を上げた。

「少し思い出しました。鮎川さん、すごくスレンダーになったんですね」

「高校生になる頃、こんな自分じゃ嫌だってジョギングを始めたんです。お金がかからずにできるスポーツだったんで」

　そういえば、彼女は可愛らしい容姿とは裏腹に、とても引き締まった、カッコいいスタイルをしている。美容トレーニング本も出版しているほどだ。

「中山さんは、今と変わらず、『優等生』って雰囲気でしたよね」

　懐かしげに笑う彼女を前に、私は気恥ずかしくなって、目を逸らしながら水を口に運んだ。

「そんな中山さんまで、私と同じようなことをしちゃうって、やっぱりずっと真面目一直線で行くのに疲れたからですか？」

　そう問われて、私は顔をしかめた。

「だから、私は違います。そんなこと、していません」

どうしても、『もしかしたらカメラが回っているかもしれない』という思いから、『不倫』というワードを出すことができない。

はっきりと『不倫なんてしていない』と言いたいのに……。

「鮎川さんは……」

「あ、沙月でいいですよ。私も明里さんって呼ばせてもらいます」

すかさずそう言った彼女に、私は、それじゃあ、と気を取り直す。

「そう言う沙月さんは、真面目一直線だったから、疲れてしまって、道ならぬ恋をしてしまったんですか？」

沙月は、どうでしょう？　と小首を傾げて、頬杖をつく。

「……私、父親のいない家庭に育ったんですよ。だから、どうしても生活が苦しくて、テレビが現実を忘れさせてくれました。テレビを観ている時が一番楽しかったんです。ごく自然に、きらきらしている芸能界に強い憧れを持ったんです」

そこまで言って、ふぅ、と息をつく。

「彼は、私が思い浮かべていた『理想のお父さん』だったんです。でも、本当の父親じゃないでしょう？　だからなのか、猛烈に惹かれてしまったんです。きらきらした芸能界で活躍する、『理想のお父さん』のような男性を、私の欲しかったすべてのように感じてしまって歯止めがきかなかった……。恋をしている時は、夢中になりすぎていて、奥さんと子どもの姿すら頭に浮かんでいなくて、ただ嬉しくて……こんなことになって、自分のしてきたことに気付きました。私に父親がいなかったのは、父親が浮気をして出て行ってしまったからなんです。私は相手の女をとても憎んでいたのに、自分はその女と同じことをしてしまっていたことにようやく……」

沙月の頬に涙が、一筋零れた。

彼女もカメラを意識しているのかもしれない。

だが、話していることは嘘偽りのない言葉であることが伝わってくる。

私の場合は、彼女とは事情が違っていた。

京都に単身赴任中だった彼——塚田巧は、まるで自分が独身のように装っていた。

その上で、私にアプローチをしてきたのだ。

彼は、広告代理店の営業ということもあってか、情報通でスマート。一緒にいて、刺激を与えてくれる相手だった。

何度か食事に行くうちに、私は自然と彼を意識するようになっていた。

ある夜、『今夜は、俺の家で飲まない?』と彼に誘われて、私は素直に頷いた。

私も二十代後半。

アラサーと呼ばれる年代に差し掛かり、どうしても結婚を意識し始めていた。

彼と結婚できたら、仕事に理解を示してくれそうだし、良いパートナーになってくれるかもしれない。

また、大手広告代理店に勤める彼が相手ならば、両親も喜ぶだろう。

そんなことまで、考えていた。

しかし、心配事が一つあった。

彼は、人当たりが良く、頭も良く、外見も良い。女性の目を惹く存在だ。

私以外にデートしている人がいるのではないか、と心配していた。

だが、彼が一人で暮らしているウィークリーマンションには、女性の影は感じられず、心からホッとした。

私たちはデパ地下で買ってきた洒落たおつまみを広げて、ワインで乾杯をし、他愛もない会話をした。

芹川瑞希の話にもなった。

『実は私ね、小学校の頃、芹川先生の生徒だったの』

そう言うと彼は目を瞬かせた。

『えっ、どういうこと? 彼女、シナリオ教室でも開いていたの?』

『違う違う、彼女、学校の先生でね。非常勤だったから、担任だったわけじゃないんだけど、私たちの下校班に付き添っていた先生で……』

そんな話をして笑い合い、ふと、会話が止まった。

テレビでは、何度か見た映画『ノッティングヒルの恋人』がまるでＢＧＭのように流れている。

彼がそっと私の体を抱き寄せて、唇を重ねてきた。

キスを交わしているうちに、彼が私の体を押し倒す。

その重みに、少しの怖さと、恍惚が入り交じる。

その時、彼のスマホが振動した。マナーモードだったが、テーブルの上でブーブーと震えるスマホは、簡単に二人のムードをうち破る。

『スマホ、鳴ってるよ』

『いいよ、どうせ、飲んだ上司が酔っぱらって連絡してきてるんだ』

煩わしそうに言った彼の表情が、少し引っかかった。

女からだ、と直感したのだ。

『大切な電話だったら困るでしょう。ちゃんと出て』

私はスマホを手にして、彼に渡す。

その時、彼のスマホのディスプレイに表示されていたメッセージが目に飛び込んできた。

〝つわりがひどくて眠れないよぉ。って、たっくんは、今夜は飲み会なんだもんね。飲みすぎちゃダメよ。ああ、私もお酒飲みたい。出産して、卒乳までは、我慢だね〟


——あの時のことを思い出すと、体に悪寒が走る。

天国から地獄へ突き落とされるとは、このことだ。


「凄いですよね。あの、たった数行の文章に、情報のすべてが入ってたんだから……」

私は自分の事情を沙月に話して、自嘲的な笑みを浮かべる。

彼は既婚者で、奥さんは妊娠中だったのだ。後から知った話だが、奥さんはつわりがひどいことから実家で療養していたそうだ。

私はそんなことも知らず、人様の旦那の家に上がり込み、キスをして、最後まで行っていないにしろ、肌に触れることを許したのだ。

あの時、スマホが振動していなかったら間違いなく、私は彼と寝ていた。

「明里さん、もし彼と深い仲になってしまって、彼をうんと好きになってしまった後に、事実を知ったとしたら、どうしていたと思います？」

沙月にそう問われて、私はしばし黙り込んだ。

その後はどうなっていたんだろう？

彼を本当に好きになった頃に奥さんがいるのを知ってしまったら、私は絶望しながらも、彼が好きでずるずると関係を続けていたのだろうか？

「そんなことはありえないです。どんなに好きでも、不倫だと知ってしまったら、恋愛関係を続けるなんてできない」

すると、沙月は苦々しい表情を浮かべる。

「不倫は許せないから、ですか？」

「不倫に限らず、不貞や不正を、私は許せないんです」

きっぱりと言った私に、彼女は、ぷっ、と噴き出した。

「明里さんって、昔から変わってない」

「えっ？」

「通学路に誰もいない小さな横断歩道があったじゃないですか。信号無視しても問題ないようなところで、みんな信号なんて無視しているのに、明里さんだけは、頑なに守ってて、小さい頃は『えらいなぁ』って思っていたんです」

「小さい頃はってことは、その後は？」

「真面目なのは良いけど、頭が堅いなぁ、って」

「よく言われます」

ふっ、と自嘲的に笑った時だ。

「明里さんは、第一室(ハウス)に土星が入ってますからね。基本的に自分に厳しいんですよ」

と、男性の声がした。

顔を向けると、トレイを手にしているハチ割れがいた。

トレイの上には、カップが二脚とシルバーの紅茶ポットが載っている。

「第一室に土星？」と、私と沙月の声が揃った。

ハチ割れは、ええ、と頷き、私と沙月の前にカップを並べて、紅茶を注ぐ。

「今ここに『星詠み』――マスターがいないので、簡単な説明になりますが……」

と、ハチ割れはエプロンのポケットから、懐中時計のようなものを取り出し、かちりとリュウズを押した。

ぱっ、と時計の表面が光り、次の瞬間、満月の横に大きな土星の姿が映し出された。

わあ、と私と沙月は、大きく口を開ける。

昔、学校の天体望遠鏡で見たことがあるけれど、こんなに大きな土星を目にしたのは初めてだ。

横縞の惑星を取り囲む大きなリングが、とても美しい。

綺麗、と横で沙月が、うっとりと目を細めていた。

「土星は綺麗だけど、とても厳しい星なんですよ」

そう言ったのは、ペルシャだ。トレイを手に、くすくすと笑っている。

厳しい星？　と、私と沙月は小首を傾げた。

「ヴィー、何度も言うが、『厳しい』と言われるのは、心外だ」

何故かハチ割れは、不服そうに腕を組む。

ペルシャは、あら、と意味深な目を見せた。

「だってそうじゃない。西洋占星術に於いて土星は、『試練』を司る星なの」

「『試練』というより、『課題』だ」

すかさず切り返すハチ割れに、ペルシャは、やれやれ、と肩をすくめる。

「土星は、人生においての『教官』みたいな星なのよ」

「……それは否定しない」

「あら、それは良いのね？」

そんな二匹のやり取りに、私と沙月はぽかんとし通しだった。

「あ、ごめんなさい。占星術では、土星がどの部屋に入っているかで、その人の人生における試練……」じろり、とハチ割れに睨まれて、ペルシャは慌てて口を噤み、話を続ける。「人生における課題が分かるのよ」

『人生における課題』と言われても、ピンと来ない。

そもそも、部屋とは何のことなのか……。

「部屋については、これを見てもらえたら、分かりやすいかも」

ペルシャは、ハチ割れの持っている懐中時計を手に取り、リュウズを回して、カチリと押した。

土星の映像が消えて、今度は時計のような図が映し出される。

これは、ホロスコープだろう。円が十二に分割されている。

向かって左端には①と記され、⑫まで反時計回りに番号が振られていた。

ハチ割れは表を見て、顔をしかめる。

「『自分自身』に『お金』に『知識』……ずいぶんと、ざっくりな説明だ。省略するにしても、特に第三室、知識としか書いていないが、他に兄弟関係、コミュニケーション能力なども示しているだろう」

「そうね。本当はもっといろいろな深い意味があるんだけど、とりあえず、分かりやすくまとめてみたものよ」

ペルシャは不服そうなハチ割れを簡単にあしらい、私たちの方を向いた。

「番号が部屋——『室(ハウス)』よ。自分の部屋がどの星座の位置にあって、何の惑星が入っているかで、自分が得意としていることや苦手なこと、惹かれるタイプの異性、はたまた自分の人生の試練……ともいえる課題が分かるのよ」

「同じ自分自身を示す第一室でも星座の配置で性質が変わってくる。牡羊座の第一室はせっかちで、牡牛(おうし)座の第一室はのんびりしていてと、まるで真逆だ」

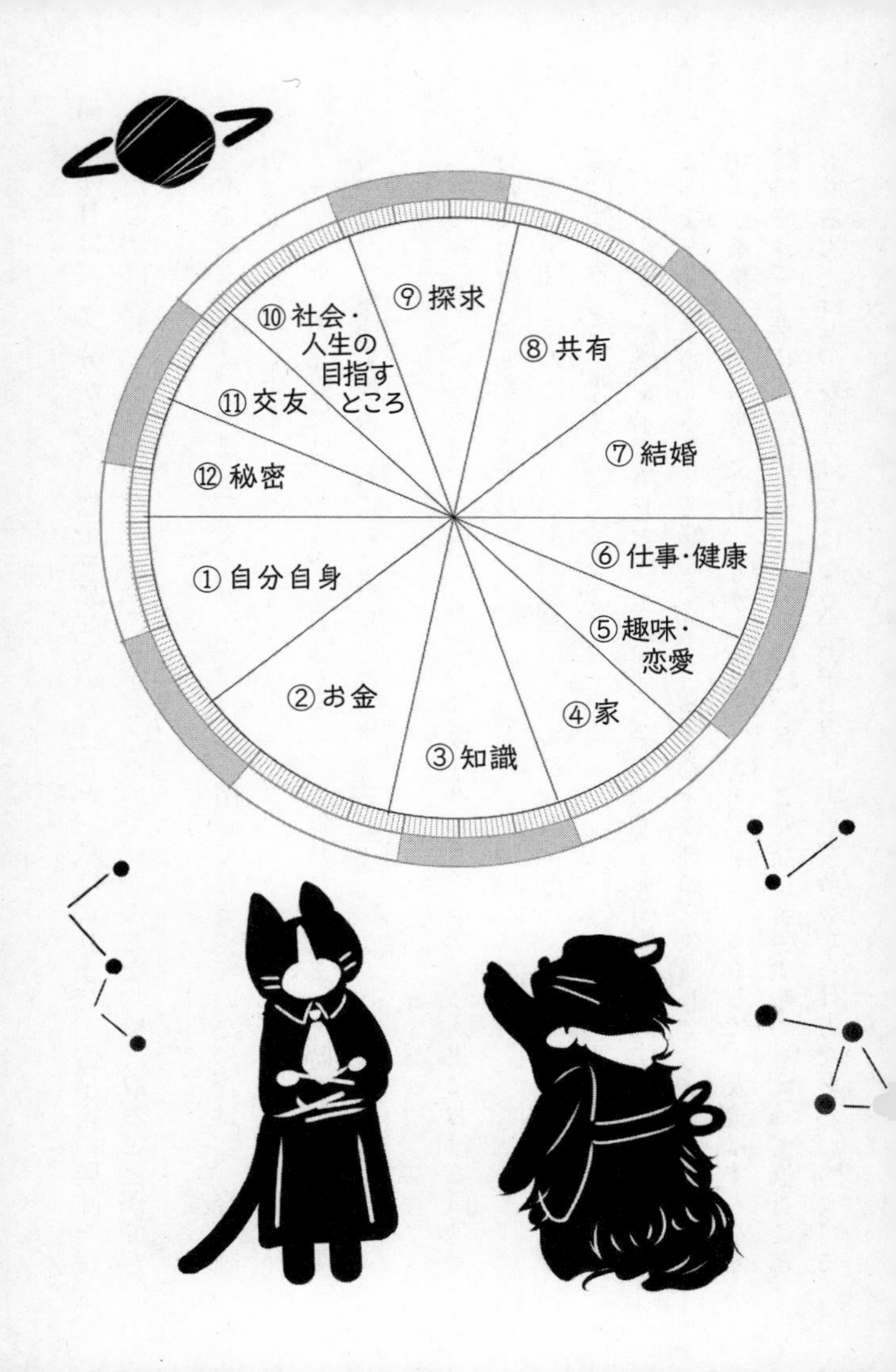
⑨探求
⑩社会・
人生の
目指す
ところ
⑧共有
⑪交友
⑦結婚
⑫秘密
⑥仕事・健康
①自分自身
⑤趣味・
恋愛
②お金
④家
③知識

沙月は、よく分からない様子を見せていたけれど、私はこれまで、占星術に興味を持ったことはあり、何度か本を読んだことがあったので、なんとなく感じ取ることができた。

本で読んだ時は、いまいちよく分からずに本を閉じてしまっていたのだけど、今の説明は少し分かりやすかった。

一から十二の部屋には、それぞれ意味があり、生年月日、生まれた時間、生まれた場所によって星座も配置されている惑星も違ってくる。

――つまり、

「さっき言っていたのは、『土星』がどの部屋に入っているかで、人生における試練が分かるということなんですね」

思わず独り言のようにつぶやいた私に、ペルシャは「そう」と手を打ち、ハチ割れが「課題です」と不服そうに言う。

「たとえば、結婚を示す第七室に土星が入っていたら、『結婚』に関する課題があるのよ。なかなか結婚できなくて悩んだり、はたまた一度結婚を失敗してしまったり、結婚相手が厳格な人で苦労したり、とかね。そういう人って、『どうして、友達はすんなり結婚できて、幸せな生活を送っているのに、私はこんなに苦労するの?』って悩むこともあるんだけど、なんのことはなく、『第七室に土星があるから仕方ないわね』ってことなのよ」

うふふ、と愉しげに言うペルシャに、私と沙月は思わず頬を引きつらせた。

たしかに結婚は、個人差がハッキリと分かれるものだ。

ごく自然に相手に出会い、双方の両親に祝福されてスムーズに結婚する人もいれば、出会いから苦労し、交際に至っても、なかなか結婚話までは進展せず、ようやく相手が決意してくれても、今度は親が反対するという、躓きだらけの人もいる。

また、理想のカップルと言われスムーズに結婚はできても、結婚後に関係が変わって、破局に終わってしまう場合や、さっきペルシャが言ったように配偶者が厳格な人で、相手の目を気にして、萎縮しながら結婚生活を送る人もいる。

「もしかして、私の土星は、結婚の部屋にあるんでしょうか？」

と、沙月が真顔で訊ねる。

ハチ割れとペルシャは、違いますよ、と同時に首を振った。

「沙月さんの土星は、第六室の『仕事・健康』の部屋にあるわね」

天空のホロスコープの⑥の部屋が、パッと明るくなった。

「ここに土星が入っている人は、大変な仕事に就くことが多いわ。けど不屈の忍耐力でそれをこなしていくし、プロとしての自覚も高いわ。おそらく幼い頃はぽっちゃりさんだった沙月さんが、ここまで体を絞れたのは芸能界に対して『憧れ』だけじゃなく、それを『仕事』にしよう！　と意識したことで、できたことなのかもしれないわね。土星は『課題』の星だから、しっかりがんばれば、ちゃんと大きな見返りをくれるの。ただ……」

ただ？　と、沙月は前のめりになった。

「惑星の中で、『恋愛』や『美』『趣味・娯楽』を司るのは、『金星』なんだけど」

と、ペルシャは、自分の胸に手を当て、話を続けた。

「沙月さんの場合、その『金星』が、秘密を示す第十二室に入っているの」

⑫の部屋が、パッと明るくなる。

「秘密を示す部屋に『金星』が入っている人は、『秘密の恋』に惹かれやすい傾向があるし、そうした誘惑も多いわ。そこで流されてしまうと、星々の角度もあるんだけど、沙月さんの場合、特に仕事の部屋にいる『土星』の試練が厳しくなってしまうの。あ、ここでは、あえて『課題』じゃなくて、『試練』と呼ばせてもらうわね」

ハチ割れは、仕方ない、という様子で頷く。

沙月は動揺した様子で、二匹を見た。

「そうですね……私、不倫をしたいわけじゃないのに、結婚している人からアプローチをされることが多いんです。既婚者の方って、何もかもに余裕があって、大人で、独身の男の子には敵(かな)わない魅力があるように感じていて」

「……既婚者の魅力は、配偶者の支えがあってこそだ。センスの良い服も、清潔感も、心の余裕もパートナーがいてこそのもので、たった一人で人生を生きている独身にはない魅力を持っていて当然なんだよ」

冷ややかに言うハチ割れに、沙月が言葉を詰まらせた。

魅力を放っていた既婚者でも離婚して独身になった途端、くすんでしまう人はよくいるものだ。

「……そっか、彼の魅力は奥さんがピカピカに磨いていたものだったんですね。それを私は横取りしようとしていたんだ」

沙月は苦々しくつぶやいて、下唇を噛む。

私たちは、何も言わずに黙り込んだ。

重苦しい沈黙に耐え切れず、あの、と私は口を開く。

「第十二室に金星が入っているからって、みんながみんな不倫をしてしまうというわけではないんですよね？」

もちろん、とペルシャは頷く。

「『秘密』を示す位置に金星があるから、『不倫』という場合もあるんだけど、それだけじゃなくて、周囲の人には秘密にしている社内恋愛を指す場合もあるし、教師に片想いしてしまう人もいるし、はたまたそういうエンターテインメントに惹かれるだけで、自分自身はまったく秘密の恋とは無縁の人もいるわ」

そういうことなんだ、と私は頷く。

「もし、一度間違ってしまった人も、その後、心を入れ替えたら、みんなに認められる幸せな恋愛ができますよね？」

続けてそう問うと、ハチ割れが、そうだな、と頷いた。

「この世は、鏡の法則で成り立っているから、それを意識したら大丈夫だろう」

「鏡の法則？」

私と沙月が訊き返すと、「それはね」とペルシャが、鏡になっている懐中時計の蓋の内側を見せた。

「星々が、不倫や不正を監視していて、罰を下すわけじゃないの。星々から見たら、そもそも善悪というものはないのよ」

えっ、と私は眉根を寄せた。

「善悪がないなんて、そんな……」

動揺する私に、その代わり、とハチ割れが手をかざす。

「この世にあるのは、『自分のしたことは、自分に跳ね返ってくる』という鏡の法則。誰かを傷付けたら、それは大きく跳ね返ってくる。さらに同じ不倫でも、相手の家族が多ければ多いほど不幸にする人の数も多い。それが跳ね返ってきてしまうんだ」

その話を聞いて、沙月は苦々しい表情で自分の体を抱き締めた。

「……それじゃあ、私が世間の吊し上げに遭うのは、仕方がないということなんですね。彼には奥さんと子ども以外に、たくさんのファンがいて、その多くの人たちを傷付けてしまったわけですから……」

力なく言う沙月に、ペルシャは、そうね、と微かに相槌をうつ。

「それもあるし、有名人は、宇宙に選ばれやすいのよ」

「宇宙に選ばれる？」

それについては、ハチ割れが口を開いた。

「良くも悪くも、見せしめの存在に選ばれてしまうんだ。『成功したら、こんなに良い人生を送れるんだ』という晴れやかな姿や、『不正を働いたら、こんなふうになってしまうんだぞ』という姿を大衆に知らせる存在になってしまう」

私は話を聞きながら、納得していた。

有名人の不倫や不正、薬物のニュースは、時に大衆の意識を正す。

『あんなふうに責められて、すべてを失ってしまうことになるなんて絶対にごめんだ。自分は絶対にああいうことはしない』という反面教師になるのだ。

「彼の言う通り、『有名人』は、時に良くも悪くも見せしめの存在になってしまうわ。沙月さんが、これからも芸能界で仕事をしていきたいと思うなら、今後何かあったら、見せしめに遭ってしまう存在であるというのを覚悟する必要もあるの」

優しく諭すペルシャに、沙月は目を伏せた。

「……私、まだ、芸能界の仕事を続けても良いんでしょうか?」

その声は微かに震えている。

「それは、君が決めることだ」

今にも泣き出しそうだった沙月に対し、突き離すように言うハチ割れを、ペルシャはぺしっと叩く。

「まったく厳しいんだから」

「だが、真実だ。星々は君の未来を決めたりはしない。君が決めた未来に対してサポートをしていくだけの話だ」

まるで今、彼女の前に二つの扉が出てきたように感じた。

ひとつは、芸能界を去り、他の道へと進む扉。

もうひとつは、このまま女優として進む扉。

どちらも苦労は多いだろう。

だが、間違いなく芸能界の道は、今の彼女にとっては茨の道だ。

彼女自身、それをよく分かっている。

「私は——、これからも女優の仕事を続けたいです」

沙月は拳を握り締めて、顔を上げる。

「今はすべての人から嫌われています。世間から石を投げられ続けるかもしれない。それでも、かじりついてでも女優でいたい」

きっぱりと宣言した彼女に、ハチ割れは、うん、と頷く。

「そう決めたなら、その道を懸命に進むまでだ」

ペルシャは、『土星』は『教官』のような星だと言っていたけれど、ハチ割れこそ『教官』のようだ。

そんなハチ割れに質問をしたかったけれど、どうにも彼は近寄りがたく感じ、私はペルシャに訊ねた。

「占星術的に、沙月さんのように試練の渦中に入ってしまった場合は、どうすればいいんでしょう?」

「占星術に限らず、立ち止まってしまった時は、まずは自分を知ることが大事ね。ほら、迷子になったら、立ち止まって地図を確認するものでしょう?」

ペルシャは、短い指を一本立てて言う。

「沙月さんの場合だったら、自分は他の人よりも『秘密の恋』という誘惑に近い場所にいるということ。だけど、その誘惑に流されると、確実に仕事を失うことになる。これが、セットだということを知る。そして有名人である以上、見せしめの対象になってしまう存在であることを自覚する。そういうのを分かっていれば、心の準備ができるものなのよ」

そうかもしれない、と私は納得した。

「沙月さん」

と、ペルシャは、沙月の肩にふわふわの手を載せた。

「さっきも言った通り、『土星』は試練を与える厳しい星よ。だけど、試練は壁ではなくて、扉なの」

そう言ったペルシャに、ハチ割れは大きく頷き、沙月はぱちりと目を瞬かせる。

「扉……ですか？」

「そう。試練を乗り越えたら、新たな扉は開いて、素晴らしい景色を見せてくれる。実は『土星』はね、厳しいけど、がんばった子には、ちゃんとご褒美をくれるツンデレ教官なのよ」

ペルシャは、うふふ、と笑う。ハチ割れは、そんなペルシャの言葉を遮るように、んんっ、と咳払いをして、沙月を見た。

「沙月君。君の選んだ道は、決して楽ではない。君への社会的制裁は続くだろうし、時間もかかるかもしれない。この試練はとても厳しい。だが、君がこれからも女優の仕事をやっていきたいと思うなら、すべてを覚悟の上で懸命にがんばることだ」

ハチ割れの言葉を受けて、

「――はい」

と、沙月は強い口調で答えて、頭を下げる。

さっきまでとは、目が違っている。

やはりハチ割れは、土星のようだ。だとしたら、ペルシャは金星だろうか？

そんなふうに思っていると、

「そして、明里さんね」

ペルシャに声をかけられて、私の体がびくっと震えた。

「は、はい」

思わず背を正してしまう。

「さっき、サートゥルヌスも言っていたけど、あなたは、『自分自身』を示す第一室に土星が入ってるの。そういう人って真面目で努力家で、何よりとても自分に厳しいわ。誰も責めていないのに、いつまでも自分で自分を責めてしまうようなところがある。時々、息が苦しくなるでしょう？」

そう言われて、喉の奥が苦しくなるくらいに、息が詰まった。

ハチ割れが、ふむ、と腕を組む。

「明里さんの第一室の星座は、獅子座。獅子座は華やかさの象徴でもあるから、華やかなことは好きな傾向にある。だからマスコミ関係の仕事を選んだというわけだ」

なるほど、とハチ割れは、一人納得したように頷く。

ペルシャが、ぱんっ、と手を打ち、

「そんなあなたたちに、『満月珈琲店』は、特別スイーツを用意しました。まずは、沙月さんから」

そう言って出したのは、グラスのような器だ。

ペルシャは保冷バッグを取り出して、そのグラスに黄色がかった丸いアイスを二つ入れた。

アイスに金粉を散らしてあるのか、きらきらと光っている。

まるで星が瞬いているようだ。

「これは、極上の甘さが自慢の『金星のアイス』なんです」

そう言ったペルシャに続き、今度はハチ割れがガラスのコーヒーポットを手にした。

「沙月さんへのスイーツは、このアイスに、当店自慢の『月光コーヒー』をかけた、『惑星アイスのアフォガート』です」

と、ハチ割れはグラスの中にある黄色いアイスの上にコーヒーを注いでいく。

とろりと溶けたアイスの様子は、とても美味しそうだ。

どうぞ、と二匹に差し出され、沙月は、いただきます、と会釈をし、アフォガートを一口食べる。

――美味しい、と洩らす。

「濃厚な甘さのアイスに、ほろ苦いコーヒーが絶妙です」

『惑星アイスのアフォガート』は、もしかしたら、二匹からのメッセージなのかもしれない。

甘いだけの誘惑に流されず、今回の苦みを忘れないように、と。

「明里さんには、こちら」

ペルシャの声に私は、はっ、として顔を向ける。

白い皿の上には、丸いバニラのアイスが載ったチョコレートケーキがあった。

「こちらは、『満月アイスのフォンダンショコラ』です。こちらには濃厚なチョコレートソースをかけていきますね」

そう言ってペルシャは、チョコレートソースをかける。

見るだけで美味しそうなスイーツだ。

ペルシャとハチ割れは、どうぞ、と微笑む。

私は、いただきます、と頭を下げて、おもむろにスプーンを手にした。

ケーキにスプーンを入れると、とろり、と中のチョコレートが出てきた。

食べる前から、喉が鳴ってしまう。

そっと口に運ぶ。

ケーキは、思ったよりもビターで大人の味わいだ。アイスの冷たさとチョコレートソースの濃厚な甘さがよくマッチしていて、思わず目尻が下がる。

「美味しいです。すごく美味しいです」

あまりに美味しくて、繰り返してしまう。

思えば、こんなふうにスイーツを食べたのは、いつ以来だろう？

そんな私を見て、ハチ割れが、ふっ、と笑った。

「満月には、『解放』の力もあるんです」

「『解放』？」

「明里さん、常に正しくあろうとするあなたは素晴らしいと思います。ですが、それだけがすべてなわけではありません。時に、自分を赦すことも大事ですよ」

ハチ割れは、優しい口調で言った。

その言葉は、胸を突き刺した。

私は、既婚者と関係を結びそうになった自分をいつまでも責めている。

親友は『知らなかったんだから、仕方ないじゃない。明里は悪くない』と言ってくれている。

だが、他に女がいそうな気がしていたのに、どうしてちゃんと確認しなかったのか、知らなかったですまされる問題なのだろうか、と自分の中の自分が、厳しく言い立てる。

あれから半年も経つというのに……。

今回のことだけではない。

私は幼い頃から、自分の不正や失敗を許せない。

「優しいサーたんって、レア」

ふふっ、と笑うペルシャに、「サーたん……」とハチ割れは顔をしかめる。

ペルシャは不服そうなハチ割れをそのままにして、私の方を向いた。

「そう、彼の言う通り、ちゃんと自分を赦してあげることも大事なことよ。明里さんは自分に厳しすぎて、それを人に押し付けてしまうところもあるでしょう？　それは少し違うと思うのよ」

その言葉も私の胸を刺す。

自分にも他人にも厳しいと言われてしまう所以(ゆえん)だ。そして私は自分にできないことをやすやすとやってのける人間に苛立ってしまう傾向がある。

それは、羨(うらや)ましくてならないだけだというのに……。

「大きな心を持つには、時に自分をうんと甘やかしてあげることも大事なの。あと、自分の作ったがんじがらめの常識に囚われて、自分の心を無視するのも良くないことよ。ちゃんと解放して、認めてあげて」

自分を赦し、甘やかすことも大事、というのは分かる気がした。

結局、我慢しすぎていて、時々爆発してしまう。

そして爆発してしまった後に、反省し続けるという負のループに陥ってしまう。

ならば、しっかり自分を甘やかして、人は人と認められる心の大きさを保つ方が、ずっと健全だろう。

けれど、言われたことがもうひとつよく分からない。

何を解放して、認めろと言っているのだろう？

私が眉根を寄せていると、ペルシャは、もう、と頬杖をついた。

「明里さん、今、恋をしているでしょう？」

私は、ええっ？　と目を剝いた。

「こ、恋？　いえ、彼のことはもう、すっかり吹っ切れてます」

彼に奥さんがいると分かった瞬間、そのことを隠していたことも含めて、私は彼に幻滅したのだ。今となっては、恋心なんてない。

「そうじゃないわ、違うわよ。あたしの目を誤魔化せると思う？」

ペルシャは金色の瞳で、私を見据える。

心の奥底まで見透かされそうな気がして、私は直視できず目を逸らした。

「明里さんの恋の相手は、あなたの持つ『常識』から少し外れたところにいるから、認めたくないのよね」

無意識に、私の肩がぎくりと震えた。

ペルシャは話を続ける。

「あなたの土星は、自分の恋の相手は『誰からも認められるエリート』であってほしいと思っている。けど、あなたが好きになった人は、それにまったく当てはまらない。だから、自分を誤魔化して隠してる。そういうの、ちゃんと認めてあげないと駄目よ」

ペルシャの力説を聞きながら、ある男性の姿が頭に浮かぶ。

それは、『明里チャン』と、人懐っこい笑顔を浮かべている次郎の姿――。

「い、いやでも、あの人は――」

オネエだからありえない、と言いそうになったところで、ペルシャが横目で睨んでいることに気が付いて、私は口を閉じた。

そう、私は彼の仕事に対する姿勢や、誰からも愛されるところ、鋭い洞察力に惹かれていた。

けど、『彼はオネエだからありえない』と、自分の気持ちを誤魔化し続けてきたのだ。

いつしか、次郎の姿を見ると、居心地の悪い気分になるほどに……。

「相手が、私に恋愛感情を抱かないことが分かっていても、ですか？」

彼はきっと、女性は恋愛対象ではないだろう。

だから好きになっても仕方がないという気持ちもあった。

ペルシャは、こくりと頷く。

「さっきも言った通り、迷子になった時は立ち止まって地図を確認するの。自分を知って、認めてあげないと、そこから一歩も動けない」

そうか。

彼が、私を恋愛対象として見れるか見れないか以前に、自分の気持ちを知り、認める必要があるのだ。


私は、彼が好きなのだ——。


認めた瞬間、胸の内が熱くなる。

自然と涙が滲んできた。

頬を伝う涙はとても熱い。

この涙は、今回のことだけではなく、これまで蓄積されてきたもののすべてだ。

私はこれまでの人生、自分に厳しいあまり、抑制してきたことが多い。

私も、他の友人たちのように学校帰りに買い食いをしたかった、夏休みには髪を染めてみたかった、ピアスもしてみたかった。だけど『良くないこと』だと、そのことに興味を持っている自分の心すら許せず、シャットアウトし、やっている人を責めていた。ちょっと不良っぽい男の子に惹かれたこともあったけれど、その気持ちを殺して、真面目そうな人が好きだと、自分の心を偽った。

そう、私は誰もに『ちゃんとしているね』と言われる人であろうとし、『ちゃんとしている人だね』と言われる人ばかりを選ぶようになっていた。

それは、恋愛だけじゃなく、すべてに対して正しくあろうとすることを優先しすぎて、常に本当の気持ちは二の次だった。

今、ようやく自分の素直な心を認められたのだ。

この止まらない涙は、自分の中の自分がとても喜んでいるからなのだろう。

「明里さん、これまでの正しいあなたは、もちろん素晴らしい。だが、あなたの人生は白黒の独楽のようなもの。綺麗に回り出すと色彩が浮かび上がります。すべてはバランスなんです」

そう言ったハチ割れに、ペルシャが、そうそう、と頷く。

「片寄ったら、洗濯機だって上手く回らないんだから」

「ヴィー、その譬えはどうなんだ？」

「あら、分かりやすいじゃない」

二人の掛け合いに、私たちは、ふふっ、と笑う。

ごゆっくり、お召し上がりくださいね。

二匹はそう言って、お店へと下がっていった。

私たちは頷いて、引き続きスイーツを口にする。

美味しさに、頬が緩んだ。

極上スイーツは、心身を満たすものだ。

食べ終えて、ふぅ、と息をつく。

ふと、沙月を見ると満足げに、そしてどこか吹っ切れたような微笑みで、夜空を眺めている。

きっと私も同じような表情をしているに違いない。

自分を知り、認めることができて、美味しいスイーツに癒されて、喉の奥につっかえたものや、心の中にあった重たいものがすべてなくなっていた。

二匹の猫には、感謝してもしきれない。

「ありがとうございました」

と、振り返ると、『満月珈琲店』はなくなっていた。

「――えっ？」

私たちは、呆然（ぼうぜん）と目を見開く。

これまで店の椅子に座っていたはずなのに、今自分たちが座っているのは、京都御苑内のベンチだった。

「どういうこと？」

番組のドッキリにしては、できすぎている。

すると隣で沙月が、ふふっ、と笑った。

「もしかしたら、狸に化かされたのかもしれないですね」

「えっ、狸？　じゃあ、あの二匹は猫じゃなくて狸？」

ぶすっとしているハチ割れの姿が、頭を過る。

「………」

私たちは顔を見合わせて、ぷっ、と噴き出した。

「マネージャーからたくさん着信が入ってました」

沙月はスマホを確認して、苦笑する。

「それじゃあ、沙月さん、帰りましょうか」

私が腰を上げると、そうですね、と沙月も立ち上がった。

「明里さん、私、彼の奥さんと子どもに謝罪の手紙を書こうと思います」

沙月は、歩きながらそう話す。

「かつて私も父親の不倫で不幸な目に遭った子どもだったのに、同じことをしてしまった。とんでもないことです。許してくれるとは思ってませんが、謝りたいんです」

私は何も言わずに頷いた。

「そして、記者会見も開きます。私、分かったんです。世間の人たちが怒るのは、私のニュースに傷ついた人がいるからなんです。だから、目の前にいる一人一人が、私が傷付けてしまった人なんです。そう思って謝罪します。しばらく仕事は来ないかもしれませんが、もし、こんな私に仕事が来たら、それはどんな仕事でも懸命にやっていきたいと思いました」

決意の眼差しで言う彼女に、私は、うん、と頷く。

「がんばってください。私も応援しています」

「あ、なんだか、心強いです」

「私の応援ごときで心強くなってもらえるなら」

「私も明里さんの応援しますよ。好きな人って、誰ですか？」

前のめりになる彼女に、私は、ごほっ、とむせる。

「それは、今はまだナイショということで」

残念、と沙月は肩をすくめた。

「好きな人が誰なのか聞くのは諦めるとして……、あの、明里さんにお願いがあるんです」

沙月は少し言いにくそうに、目を伏せた。

なんだろう？

もしかしたら、知り合いのプロデューサーを説得してほしい、という話だろうか？

そう思ったが、彼女の言葉は思いもしないものだった。

「また一緒に、美味しいスイーツを食べてもらえませんか？」

気恥ずかしそうに言う彼女に、私の頬が緩む。

同時に、先程食べた絶品スイーツの味が、蘇る気がした。

「ぜひ」

私が力強く頷くと、沙月は嬉しそうに微笑んだ。

それは、自分を知り、歩き出すことができた、不思議な満月の夜だった。

第三章
水星逆行の再会

前編　水星のクリームソーダ

1

ああ、まただ。

パソコンを前に、ちっ、と舌打ちをして、頭を掻いていると、

「どうした、水本(みずもと)？」

大学時代からの友人であり起業のパートナー、安田雄一(やすだゆういち)が背後からパソコンディスプレイを覗いてくる。

「データが一部破損してる」

水本隆(たかし)は、大きく息をついて、背もたれに身を預けた。

「えっ、大丈夫なのかよ？」

血相を変える彼に、水本は苦笑する。

「それはもちろん、ちゃんとバックアップ取ってるから大丈夫なんだけど……」

「なんだ、脅かすなよぉ」

「そうは言ってもな……」

面倒くさいのは、変わりない。

だが、そんなことは言うまでもなく、相棒には分かりきっていることだ。

水本は何も言わず、コーヒーを口に運んだ。

ここは、大阪梅田駅近くにあるオフィスビルの一室だ。

梅田にオフィスを構えていると言うと、大きな会社に聞こえるかもしれないが、広さは十坪程度。水本隆と安田雄一という共同経営者が二人だけでやっている、小さなIT会社だ。

社名は、水本・安田の頭文字を取って、『MYシステム』。文字を見ると『マイシステム』と読まれてしまいがちだが、実のところは『エムワイシステム』だ。

『IT会社の経営者なんて、すごい。でも主に何をやっているんですか？』

飲みに行った先の女の子には、決まってこう聞かれる。先日、昔なじみの女性に出会った時も同じように聞かれたものだ。

IT会社というとイメージは悪くないが、何をやっているのかいまいちよく分からない、と思っている人間が、今も一定数いるようだ。

水本は、基本的にサーバ・セキュリティエンジニアだ。企業サイトのサーバ機器の設定、構築、運用、保守を行っている。

相棒の安田は、クリエイティブ系で、企業のサイトをデザインして作ったり、最近はソーシャルゲームなども手掛けていた。

水本は、安田と大学時代に出会い、『起業するなら、人生のうちで冒険できる学生時代にすべきだ』という彼の言葉に感銘を受けて、会社を始めた。

自分たちはどうせ学生だ、失敗したって構わない。

そんな強気が功を奏したのか、会社は順調に軌道にのり、今やなかなかの年収を誇っている。

最初は在宅で仕事をしていたのだが、税金も馬鹿にならないうえ、家にいるとプライベートと仕事の区別がつかなくなるということから、梅田に事務所を構えた。

オフィスは決して広くはないが、二人だけのため、十分な大きさだ。

「あっ、くそ。一部、打ち込み直さないとダメだ」

「ご愁傷様」

安田は人の不幸を面白がるように言って、合掌する。

明るく少しおちゃらけたような安田の雰囲気は、大学時代から変わらない。

実際、大学を卒業して五年も経つというのに、いまだに大学生に間違えられるくらいだ。

とはいえ、ＩＴ業界には、こういう雰囲気の人間は多いだろう。

水本はというと、安田とは逆で、落ち着いた雰囲気だといわれる。学生の頃からサラリーマンに間違えられていたくらいだ。

起業をしている以上、様々な会社と打ち合わせをする。

若くちゃらちゃらして見える安田が出向くと先方に不安がられるが、水本だと安心してもらえることも多い。

それなりに良いコンビなのかもしれない、と水本は思っていた。

安田が、それにしても、と腰に手を当てる。

「こういう仕事をしてると、データ系のトラブルはつきものだけど、水本は、結構多い方じゃね？」

そうなんだよ、と水本は息と共に吐き出した。

自分には、こうしたトラブルが人よりも多い。とそれは水本も自覚していた。

その上、なぜか似たようなトラブルが続くのだ。

一度トラブルがスタートすると、データが破損するだけではなく、いつもは普通に受信される大事なメールが迷惑メールに振り分けられていたり、電車や飛行機が遅れるという被害が続く。

こんなことを思い、ふと、『また大切なメールが迷惑メールのフォルダに振り分けられているのではないか？』と不安になって、マウスに手を伸ばした。

メールを確認し、

「あ、やっぱり……」

と、水本は額に手を当てる。

「どうした？」

「知り合いからのメールが迷惑メールのフォルダに入ってた」

「ビジネスの相手？」

「いや、友達っていうか、小学校が一緒で……」

水本は、話しながら、自然と語尾が小さくなるのを自覚していた。

すると、安田が目を光らせて振り返る。

「もしかして、梅田の有名な美容室にいる子？」

「あ、話したことがあったか？」

と、聞いた後で、思い出した。

彼女に会った日。

水本は珍しく少し浮かれてしまい、このオフィスに戻って来るなり、安田に話してしまったのだ。

——あれは、二か月くらい前だろうか。

昼休み、パンを買いに外に出たとき、たまたま店に居合わせた女性に水本は声をかけられたのだ。

『もしかして、水本君？　おうちが工務店の……』と——。

笑顔が印象的な、良い雰囲気の子だった。

けれど、誰なのか分からず、水本は思わず訝し気に眉をひそめた。

すると彼女は慌てたように言う。

『あ、人違いだったみたいで、すみません』

そんな彼女に、水本は『いえっ』と声を上げた。

『自分は水本で、実家は工務店でした……けど、あなたは？』

聞き返すと、彼女は決して大きくはないつぶらな瞳を見開いた。

その後に、ぷっ、と噴き出す。

『そうですよね、分からないですよね。私、早川恵美といいます』

名前を言われてもピンとこなかった。

よく聞くと、小学校が一緒だったということだ。

しかも見た目の判断で同年代かと思ったが、彼女は三つ年上。

共通点は、登下校班が一緒だったということくらいで、水本が彼女を覚えていないのは、不思議ではなかった。

むしろ、彼女が自分を覚えていたことが、水本は意外だった。

『そりゃあ、水本君のことは覚えているよ。あの頃のこと、とても印象に残っているから……。あの時はありがとう、水本君』

そう微笑まれて、水本は弱り切って、曖昧な会釈を返す。

彼女が言う『あの時のこと』は覚えていたが、礼を言われるようなことをした覚えはなかった。

その後、彼女はすぐ近くの美容室で働いていることを告げて、パン屋を後にした。

その美容室は、自分がよく通る道に面している。そのため、その後、彼女と顔を合わせることが多くなった。

彼女はガラス越しに水本の姿を見つけると、笑顔で手を振る。

水本は照れくささを押し殺した無表情で、会釈を返すのが精いっぱいだった。

あの美容室には男性客も入っているようだし、近々自分も髪を切ってもらいたい。

そう思っていたのだが、ここ最近、彼女の姿を見なくなっていた。

シフトの関係で、たまたま見かけないだけなのかもしれないが、もしかしたら体調を崩したのかもしれない、と水本はひそかに心配していた。

その彼女から、会社宛てにメールが入っていた。

迷惑メールに振り分けられていたので気付かなかったが、送ってくれたのは二日前のようだ。

『ＭＹシステム　水本隆様。お久しぶりです、同じ小学校だった早川恵美です。連絡先が分からなくて、ここにメールをしてしまいました』

そんな書き出しだ。

そう、自分たちは連絡先を交換していなかった。

彼女は以前、水本が伝えた社名から検索して、サイトを確認したようだ。

『先日、一身上の都合で、梅田の美容室を辞めました。

今は一時的ですが、両親が経営している理美容室に身を寄せています。

一時的というのは、私もやりたいことが見つかりまして、私個人のホームページを作りたいと思っているんですが、相談に乗ってもらえませんか？』

メールを読みながら、水本の鼓動が早鐘を打っていた。

「その美容師ちゃんからなんて？」

背後から安田に問われて、水本の肩が微かに震えた。

ＷＥＢサイトなどの作成は、水本ではなく安田の管轄だ。

だが、個人レベルのサイトなら自分にも作れる、と水本はディスプレイに視線を戻した。

「梅田のお店を辞めたっていう報告だった」

それだけ言うと、安田は興味を失ったのか、へぇ、と洩らして、対面にある自身のデスクに着く。

水本は少しホッとして、彼女に『いつでも良いですし、指定の場所に伺いますよ』という返事を打ち始めた。

自分の書いた差しさわりのない文章を何度も読み返し送信した、その時だ。

「うえええ」

と、安田が妙な声を上げた。

「どうしたんだよ」

水本は、眉根を寄せて顔を上げる。

安田は「いやいや、それが聞いてくれよ」と前のめりになった。

「今、俺が作っているこのゲーム、あるじゃん」

そう言って、安田はスマホ画面をかざす。

そこには、今流行り（はやり）の美しいイラストで描かれた男性キャラクターが、ずらりと並んでいる。

安田が手掛けている女性向けソーシャルゲームだ。

手掛けているといっても、安田がやっているのは、デザインやシステムの構築であり、シナリオなどは外注だった。

「最近、脇役エンドのシナリオが良くて、ちょっと評判になっててさ」

ああ、と水本は相槌をうつ。

その評判は、水本も知っていた。

こうした恋愛ゲームは、攻略するキャラクターを選べる。

難易度の高いキャラクターを攻略することで、達成感を得られるものだ。

だが、難易度の高いキャラクターを攻略できなかったり、また、脇役と結ばれる結果をあえて選ぶプレイヤーもいる。

今回、ある脇役キャラクターとのストーリーが、なかなか良いと評判だったのだ。

その脇役キャラは、他のヒーローに比べて華やかな外見をしていないし、大金持ちではない。はたまた、濃厚なラブシーンが展開されるわけでもない。

だが、その脇役キャラは、自分のできる範囲で精いっぱいのおもてなしをし、ラストに、『僕にとって君はお姫様だから、君と一緒にいられることで、僕も気持ちだけは王子様になったみたいだよ。素敵な時間をありがとう』と、まるで貴公子のように主人公の手を取り、その手の甲にキスをして終わる。

そのストーリーと脇役の健気さがたまらない、とSNSで話題になり、そこから、『その後の二人が読みたい』『もっと濃厚な二人のラブシーンを！』『それが読めるなら課金してもいい』などという声が飛び出すまでになっていた。

「たしか、シナリオを担当したのは、『SERIKA』ってライターさんだったよな？」

安田の担当とはいえ、自分の会社から出しているゲームだ。

水本もそのくらいは知っている。

「そうなんだよ。で、ここからが驚くところなんだ。でも驚くなよ？」

と、安田が手をかざす。

そこまで念を押されたら驚きたくても驚けないだろう、と水本は頬をひきつらせながらも頷いた。

「あまりに評判がいいから、ライターさんに脇役のその後のシナリオを依頼したんだ。そしたら、ライターさん、すごく喜んでくれて……」

「そりゃ、ここまで評判になってるんだ。ライターさんも嬉しいだろう」

うん、と水本は頷く。

「そうしたら、こんな記事が出てたんだよ」

と、安田は再びスマホの画面を水本に見せた。

【健気さがたまらない、胸きゅんが止まらない、とネットで評判となった脇役とのエンドストーリー。そのシナリオを手掛けている無名のライター『SERIKA』は、なんと芹川瑞希だった！】

「ええっ？」

水本は思わず、安田の手からスマホを奪った。

「やっぱり驚いたじゃん。うちのシナリオを担当してくれてたライターさんが、かつて一世を風靡（ふうび）した、あの芹川瑞希だったなんて驚きだよな」

ああ、と水本は素直に頷きながら、記事を読んだ。

記事を書いているライターが、今話題のシナリオを手掛けている『SERIKA』に取材を依頼したところ、彼女はそれを承諾して、自分が『芹川瑞希』であることを告げたそうだ。

芹川瑞希は、脇役キャラクターとのエンドストーリーも、少しでも楽しんでもらえたらと思って書いたので、話題になって嬉しい、とコメントしている。

「しかし、驚くとは思ったけど、思った以上の驚きだったな。はい、スマホ返して」

にやにやと笑いながら手を出す安田に、水本は何も言わずにスマホを渡した。

驚いたのは、それが『芹川瑞希』だったからだ。他の人間なら、どんなに大物脚本家だったとしても、ここまで驚かないだろう。

水本が微かに肩をすくめていると、ぴこん、とメールが受信された。

パソコンに来たメールはすべてスマホにも届くよう設定している。

確認すると、早川恵美からであり、

『ありがとうございます。では、今度の月曜日、うちの理美容室が休みなので、店まで来ていただいても良いですか？』

水本は頬を緩ませながら、すぐに返事を打ち始めた。

2

「くそ、またか」

早川恵美と会う、約束の月曜日。

水本は苛立ちと焦りを感じながら、電車に乗り込む。

彼女との約束は夕方だ。

それまで、在宅で仕事を進めようと水本は、スマホでアラームを設定して、作業にとりかかった。アラームを設定した……つもりだったのにアラームは鳴らず、まんまと時間は過ぎていた。

それから、大急ぎで準備をしたものの、落雷の影響で、滅多に遅れない電車が遅延しているという事態に陥ったのだ。

ようやく電車に乗り込み、なんとかギリギリ間に合いそうだ、と大きなため息と共に背もたれに身を預ける。

落雷があったのが、信じられない青空だ。

彼女の両親が経営している理美容室は、伏見の大手筋商店街にあるそうだ。

水本は今、大阪の淀屋橋で一人暮らしをしているため、京阪電車一本で最寄りの『伏見桃山』駅に着く。

それにしても、どうしてアラームが鳴らなかったのか……。

水本はスマホを取り出し、恨めし気に睨んだ。

あらためて見ると、時間だけ合わせて、設定を押していなかったようだが、自分がそんなミスをするのが信じられなかった。

データは破損するし、メールトラブルは起こるし、電車は遅れるし……。

時々、こうしたことが急に続くようになる。

水本はスマホを操作して自社のSNSを開く。

ネットは、『芹川瑞希』の話題で賑わっていた。

『あのシナリオを芹川先生が手掛けていたなんて驚き』

『でも、納得した。面白かったもん』

『続きのストーリーが加わるなんて楽しみすぎる』

『課金の準備はできている』

そんな声で溢れていて、

『かつてのヒットメーカーが、名前を変えて、脇役のストーリーを書いているなんて落ちぶれたな』

といったマイナスの声は、ゼロではないが、ほとんどない。

「芹川瑞希に、早川恵美か……」

早川恵美のことは分からなかったが、芹川瑞希のことはよく覚えていた。

機器トラブルが続いたと思った一方で、こうして懐かしい人との関わりが重なる。

不思議なものだな、と水本は目を細める。

あと、二十分くらいで着く頃、電車は途中の駅で停まり、

『先ほどの落雷の影響で、他の車両に電気トラブルがありました。発車まで少々お待ちください』

そんなアナウンスに、またトラブルか、と水本は額に手を当てる。

逸る心にイライラしながら、彼女にメールを打った。

電車のトラブルで少し遅れる旨を伝えると、彼女から『了解です。気にせず、ゆっくり来てくださいね』と返事が来た。

とりあえず、ホッとして肩を下げる。

まだまだ、電車は動かないだろう。

少しだけ仮眠をしよう。

今日、恵美の元に向かうことを思うと、昨夜は緊張して眠れなかったのだ。

水本は腕を組んで、そっと目を瞑る。
ほんの少し眠れたらと思っていたのだが、しっかりと寝入ってしまっていたようだ。
夢の中で誰かが、『ほら、そろそろよ』と肩を叩いた。
『次は伏見桃山駅――』
というアナウンスが耳に届き、水本はハッと目を開ける。
いつの間にか電車は動き出し、目的の駅まで来ていた。
「危なかった。寝過ごすところだった」
水本は、まだ停車していないにも拘わらず、慌てて立ち上がり、眉間をつまむ。
浅い眠りだったのか、深い眠りだったのか分からないが、自分は夢を見ていた。
良い夢だったような気がするけれど、よく覚えていなかった。

3

伏見桃山駅に着いて、水本は電車を降りた。
通常なら小一時間で着くところが、一時間半もかかってしまった。
とはいえ、眠る前とは打って変わって水本の心は晴れやかだった。
少しの仮眠はメンタルに良いというが、そういうことなのかもしれない。

早川恵美には遅れるという連絡を入れているので、焦ることなく駅を出る。

「たしか、この商店街の入口、少し変わっているって話なんだよな」

そう洩らし、せっかくだから見てみようと、わざわざ入口から少し離れたところに立った。

大手筋商店街は、アーケードの前に線路があるのだ。遮断機がアーケードの出入口を塞いで、電車が走っていく。

その様子はどこか不思議で、子ども心がくすぐられてわくわくした。

アーケードを背にして振り返った先に、御香宮神社の鳥居がそびえている。

商店街の向こうに、歴史ある神社。

「ここもいいところだな」

水本の実家は元々、京都市内の町中にあった。

以前、両親はそこで小さな工務店を営んでいたのだが、今は引退して、京都市外に住んでいる。

両親が洛中にいた時は、両親も自分も外の世界が見えていなかった。

洛中の人間から言わせると、『伏見は京都ではない』という話もあるが、それがあながち冗談でもない部分もあった。

だが、いざ一歩離れたところから京都を見ると、洛中、洛外と、各々に独特の文化があり、それぞれに良いと感じる。

大手筋商店街の入口には『OTE　OTESUJI』という看板がかかっていた。

アーケードの中に入ると、イメージ通りの古き良き商店街が広がっている。

「いい商店街だなぁ」

活気があり、楽しい雰囲気だ。

レトロな喫茶店があるかと思えば、今どきのお洒落なカフェもある。

駄菓子屋、パン屋、居酒屋、スーパー、ドラッグストアと、この商店街に入れば、とりあえず一通りのものは手に入りそうだ。

商店に並んで、『大光寺（だいこうじ）』という寺の門もあった。

水本は思わずスマホを手に『大光寺』を検索する。

阿弥陀如来や薬師如来、日限（ひぎり）地蔵を祀っていると書いてある。

伏見宮家の縁（ゆかり）の寺で、鎌倉時代に開山したという歴史のある寺だそうだ。

こうした商店街に当たり前のように歴史のある寺や神社があるのも、京都らしい。

そんな商店街の中に、理美容室『アクア』という水色の看板を見つけた。

彼女が言っていた通り、『定休日』という札が下がっている。

少し緊張を覚えながら、扉をノックすると、

「あっ、どうぞー。そのまま入ってください」

と、早川恵美の声がした。

どうも、と会釈しながら、扉を開ける。

よく見るような古くからある理美容室だ。

まるで仕事中のように黒い腰エプロンをつけた恵美が、笑顔を見せていた。

その微笑みに浮かれそうになるも、すぐに真顔になる。

店内の椅子に、客が座っていたのだ。

三十路前後と思われる女性が、少し緊張の面持ちで鏡を見ている。

「水本君、待合のソファーに座って、ちょっとだけ待っててくださいね」

恵美は、ごめんね、というように手をかざして、客の後ろに立つ。

水本は頷いて、待合のソファーに腰を下ろした。

恵美は、客の髪にヘアミストを振りかけて、しっかりと梳かす。

見事な手際で髪を編み込み、セットしていった。

「はい、できあがり」

ぽんっ、と客の肩を叩く。

「ありがとう、メグ。……驚いた、髪をセットするだけで、随分変われるものね」

客はどうやら、恵美の友人だったようだ。

「そりゃあ、誰しも『毛』で変わるって言うから」

と、恵美は人差し指を立てた。

「『毛』で変わる？」

「男も女も、動物さえも『毛』を整えるだけで、がらりと変われるのよ。特に女性は、『眉』と『まつ毛』と『髪』の三つね」

恵美はそう話しながら、小さなコームを手に彼女の眉を整え、ビューラーに持ち替えてまつ毛を上げた。

恵美が言う通り、髪と眉とまつ毛を整えただけなのだが、最初に見た彼女とはまるで別人のように違っている。

彼女も、綺麗になった自分を鏡で見て、嬉しそうだ。

「本当にありがとう」

「ううん、こちらこそ、良いお話を持ってきてくれてありがとう」

「それこそ、『こちらこそ』だよ。きっと、次郎さんも喜ぶと思う。メグの腕は素晴らしいし」

「そう言ってもらえて光栄だわ。次郎さんによろしく伝えてね」

「ええ、伝えるわ」

「これから会うのよね？　綺麗になった明里にびっくりしてくれるかも」

恵美がケープを外しながら言うと、彼女は「う、うん」と、ぎこちなく頷きながら、椅子から降りる。

「それじゃあ、また」

「うん。今度、食事しようよ」

「ぜひ」

そんな話をしながら、彼女は店を出ていく。

恵美は彼女を笑顔で見送ったあと、水本の方を見た。

「水本君、今日はわざわざありがとう。待たせてごめんなさい。遅れるという話だったから、友達の髪をセットしてあげようと思っちゃって。あっ、今の友達は仕事の話をしに来てくれただけなんだけどね」

「あ、いえ。こちらこそ、遅れてすみません」

ううん、と恵美は首を振る。

「水本君、コーヒー、大丈夫？」

「あ、はい」

「アイスとホットならどっちがいい？」

喉が渇いていたので、アイスで、と答えて、緊張をほぐすように、ほんの少しだけネクタイを緩めた。

一応、仕事の相談で呼ばれたので、しっかりスーツを着込んでいたのだ。

いや、それは『理由』だ。

自分のセンスに自信がなく、スーツならば無難だろうと思ったのだ。

彼女は決して『美人』というタイプではなく、はたまた自分の好みかと聞かれるとそういうわけでもない。

それなのに出会ったその日から、彼女を強烈に意識している。

どうしてなのか、その理由を、水本は自分でもよく分かっていなかった。

やがて恵美は、トレイを手にソファーの前にやってきた。

トレイの上には、アイスコーヒーが入ったグラスが載っている。

そのアイスコーヒーにはすでにミルクが注がれていて、じんわりと漆黒のコーヒーの中に広がっていた。

「あ、ミルクとシロップを少し入れちゃったけど、大丈夫だった？　甘いの駄目だったら、私が飲むけど」

「あ、大丈夫です。ホットはブラックですが、アイスコーヒーにはミルクもシロップも欲しい派なので」

そう答えると、彼女は、良かった、とテーブルの上にグラスを置いた。

「『アイスコーヒー、朝焼けのシロップ入り』です」

「えっ？」

水本が目を瞬かせると、彼女はいたずらっぽく笑う。

「少し前に不思議な夢を見たのよね。そこで出してもらったアイスコーヒーが美味しすぎて、なんとか自分でも再現しようとしているんだけど、なかなか……」

その言葉を聞いた瞬間、水本の口の中にソーダの味が広がった。

何も言わなくなった水本の様子を見て、ごめんごめん、と恵美は笑う。

「夢の中で飲んだアイスコーヒーの味を覚えているなんて、変な話よねぇ」

そう続けた彼女に、水本は首を振る。

「実は俺もここに来る電車の中で、うたた寝をしていたら、夢を見たんです。どんな夢か覚えていなかったんですけど、何かドリンクを出してくれて……。そういえば、それがとても美味しかったって、ふと思い出して」

彼女は、へぇ、と水本と九十度の角度の位置に腰を下ろして、興味深そうに少し前のめりになる。

「どんな夢だったの？」

水本は、どきりとして、ほんの少しのけ反った。

「それが、やっぱりよく思い出せなくて……」

どんな夢だったか……。

4

夢の中でも、自分は電車に乗っていたのだ。
どこかで、ベートーヴェンの『田園』が流れている。
その音楽に合わせるように電車は、田園の中を走っている。
『あれ、どうして、田園を走っているんだろう？』
そんな疑問が浮かんだが、どうにも頭がぼんやりとしていた。
とても明るい光に包まれているのに、風景に霧がかかったようだった。
ああ、夢を見ているんだな。
電車の揺れは、まるでゆりかごのように心地いい。
うつらうつらしながら、自分は夢の中にいるのだ。
電車は真っ青な田園の中を走り続け、やがて田園の真ん中で停まった。
車両にいた人たちが、楽しげに電車を降りていく。
自分ものんびり立ち上がって車両を出る。
見渡す限りの田園の向こうに山が見える。
——そうだ。

どこかで見た光景だ、とふわふわした頭で思う。
——ああ、思い出した。
ここは、今両親が住んでいるところによく似ているのだ。
今、両親は南丹市（なんたんし）の美山（みやま）に住んでいる。
小学生のころ、両親と共に美山に遊びに行き、こののどかな光景を見て、
『引退後は、こういうところに住んで、のんびり過ごしたいな』
と、話していたのだ。
爽やかな風が、とても心地いい。
青々とした田園の上に、茜色の夕焼け空が広がっている。
そこに白い満月が浮かんでいて、道の先にトレーラーカフェがあった。
車の前には、木で作られたテーブルセットが、いくつか置いてあった。
そこに、電車に乗っていた客たちが座っている。
人が座っているのが分かるのに、それはシルエットだけで、顔は分からない。
夢の中というのは、不確かなものだ。
自分は二人用の、空いている席に腰を下ろした。
すると、誰かがやってきて、自分の前にグラスを置いた。
『どうぞ、「水星のクリームソーダ」です』

風景も人の姿もぼんやりしていたのに、そのドリンクだけはハッキリと見えた。

それは、ソーダの上にアイスとチェリーが載った、まさに『クリームソーダ』だ。

王道と違っているのは、ソーダがグリーンではなく、綺麗な水色であり、アイスはバニラ色ではなく、白に近いグレーだ。

グラスを引き寄せて、ストローを咥（くわ）える。

喉を通る水色のクリームソーダは、心地よい清涼感と、程よい甘さだった。

クリームソーダが、グリーンから綺麗な水色に変わっただけで新しく感じるように、その味わいも懐かしいのに、どこか新しい。

薄いグレーのアイスは、シャーベットだった。

ほんのりレモンの風味で、ソーダと絶妙にマッチしている。

その美味しさに浸っていると、

『メールはトラブル続きだし、データは破損するし、今度は電車の遅延……まさに水星逆行中って感じねぇ』

隣から不服そうな女性の声が、耳に届いた。

それは、まさに自分が思っていたこと。

まるで心の声を代弁してくれたように感じ、思わず女性の方を向いた。

すると、そこにいたのは人ではなく、猫だった。

ペルシャかチンチラといった、ふわふわした白い毛の猫だ。

猫が、喋っていた？

『……ヴィー、まるで僕が悪いみたいに言わないでくれるかな』

その向かい側にも、猫が座っている。

水色の瞳のシャム猫で、声の感じは、少年のようだ。

『あら、別に、マーが悪いなんて言ってないわ』

『マーって……「マーキュリー」って呼んでくれる？』

『自分だって私を「ヴィー」って略してるくせに』

『君の名前は呼びにくい』

『「ヴィーナス」のどこが⁉ 呼びやすいじゃない』

『……そういう意味じゃなくて』

ペルシャ猫の名前は『ヴィーナス』で、シャム猫の方は『マーキュリー』というようだ。

今も人の姿はシルエットしか分からないのに、猫の姿はハッキリ見えて、しかも、喋るなんて、夢だとしても珍しい。

それにしても、「水星逆行」というのはなんだろう？

思わず二匹の猫の方をジッと見ていると、ヴィーナスが、『ハーイ』と自分に向かって、手を振った。

自分はぎこちなく会釈を返して、再びクリームソーダを飲んだ。

やはり美味しく、懐かしい。

『「水星のクリームソーダ」なんて、ノスタルジックで、まさに水星逆行にピッタリのメニューね。さすが、マスターだわ』

そう言うヴィーナスに、マーキュリーは『そうだね』と頷く。

二匹が自分のドリンクを見ながらそう言っていたことで、自分はおずおずと口を開いた。

『あの……俺も最近、トラブルが続いたりしてるんですけど、さっき言ってた「水星逆行」って、なんですか？』

どうせ夢なのだから、と思い切って質問した。

起きている自分ならば、なかなかできないことだ。

マーキュリーが、ああ、と水色の瞳を細める。

『「水星逆行」というのはね、水星の逆行だよ』

簡単に言うマーキュリーに、ヴィーナスは、もう、と口を尖らせた。

『そんなの説明になってないわよね。水星は、そのまま惑星の水星のことなんだけど、年に三度くらい水星が逆行する期間があるの』

逆行？　と、自分は首を傾げた。

『太陽系惑星が、逆行することなんてないですよね？』

それについては、マーキュリーが口を開いた。

『ああ、実際に水星が逆行しているわけではないよ。いわゆる錯覚の一種なんだけど、地球から見て「水星が逆行して見える期間」というのがあるんだ。』

錯覚の一種……、と自分は腕を組んだ。

『水星は太陽系惑星の中で、もっとも太陽の近くを周回してるから、地球と速度が違っていて、逆行して見えることがあるんだ。たとえば、電車に乗っている時や高速道路で、隣の車両や車が同じ方向に進んでいるはずなのに下がって見えることってあるだろう？』

その譬えは分かりやすく、自分は、ああ、と手を打つ。

『それが一年に三回くらいあるんだ？』

『そう、大体ね。三回といっても、一回の期間が、約三週間くらい』

結構長いんだ、と思っていると、ヴィーナスが『結構、続くでしょう』と顔を出す。

『水星は、電波やコミュニケーションを司る星なのね。その水星が地球から見て逆行していると、水星のエネルギーが逆に働いてしまったりするわけ。だから、逆行期間中は電子機器、伝達系のトラブルが起きやすいの。メールが届かなかったり、こうして電車や飛行機が遅れたり』

彼女の話を聞いて、自分は、へぇ、と相槌をうつ。

そういえば、データや伝達系のトラブルが発生すると、いつも大体一か月くらい続いていた。イライラした日々を過ごすも、気が付くと、何事もなかったようにトラブルはなくなり、通常通りに戻っているのだ。

『そうか、時々、そういうことが重なるのは、水星が逆行中だったわけだ……』

と、納得しかけて、いや、と自分は眉根を寄せた。

『でも、相棒の安田にはいつもトラブルがないのは、どういうことだろう？』

データが破損したり電車が遅れたりと、自分がトラブル続きだというのに、一方で安田はどこ吹く風、という様子を見せているのだ。

『水星逆行の煽りを受けやすい人と、そんなに影響を受けない人がいるものなんですよ。星の配置とか、時期とかによってなんですけど。あなたの場合、第六室に水星があるから、その影響もあるのかもしれないですね。恩恵も受けるけれど、弊害もあるというか』

マーキュリーが、さらりと言う。

『あの、第六室に水星があるって、なんのことですか？』

そう問うと、ヴィーナスが、『占星術よ』と言った。

『第六室は、仕事や健康を暗示する場所なの。あなたは、そこに水星が入っている。だから、情報や伝達に関する、今のIT関連の仕事はとても向いているわけ。ただ、その分、煽りを受けやすい傾向もあるの』

はあ、と頷いて、今の言葉を頭の中でまとめてみた。

自分は、仕事を暗示する第六室に水星が入っている。

だから、他の人より水星の恩恵を受けもするけれど、逆行の煽りも受けやすい。

やはり、意味はよく分からなかったが、そういうものなんだ、と一応は納得した。

人よりも煽りを受けやすいならば、水星逆行の期間中はガンガン仕事をするよりも、こうしてのんびり過ごす方が良いのかもしれない。

どこまでも広がる田園風景を見回して、自分は深呼吸をする。

久々に、実家に帰ってみようか。

いや、実家の両親は、今北海道旅行に行っていたか……。

そこまで思い、ふと心配になり、二匹を見た。

『あの、「水星逆行」の時期は移動は控えた方がいいんですか？　たとえば、事故が起きる危険があるから、飛行機に乗らない方が良いとか……』

そう問うと、ヴィーナスが、ふふっ、と笑う。

『大丈夫、大丈夫、水星は小さな星で、飛行機の離陸や到着の時間が遅れたりする程度で、大きな事故を起こすようなエネルギーを持つ星ではないから』

愉しげに言うヴィーナスに、マーキュリーは不機嫌そうに息をつく。

だが、ヴィーナスは気にも留めずに話をつづけた。

『水星逆行中に旅行に行くのは問題ないけれど、早め早めの行動を心がけることと、いつも以上の確認が肝心よ。これは旅行に限らずだけど、慎重になることでトラブルを回避できるわ』

そう、とマーキュリーも頷く。

『あらかじめ、「いつもよりミスが起きやすく、トラブルが多くなる時期」だということを踏まえて行動したら大丈夫だよ』

分かった、と答える。

自分はきっと、水星逆行の煽りを受けやすい人間なのだろう。

今後は逆行の期間をあらかじめチェックして、その期間はいつも以上に気を付けたり、早め早めの行動を取るようにしよう。

そう思っていると、マーキュリーが話をつづけた。

『あと気をつけなきゃいけないのは、大きな契約を結ぶのも向いていないということかな』

『えっ、契約、ですか？』

『うん。これは、よく覚えておいて。逆行期間はたった三週間程度だから、その間、契約書をしっかり確認だけして、契約を結ぶのは逆行明けが好ましい。どうしてもその時期にしなくてはならない場合は、いつも以上に慎重にね』

そういうものなんだ、と相槌をうつ。

『水星逆行中って、嫌な時なんですね……』

思わずそう洩らすと、マーキュリーはまるで自分のことを言われたかのように、ばつが悪そうに肩をすくめた。

そんな彼を見て、ヴィーナスは、ううん、と首を振る。

『そう悪いことばかりじゃないのよ。水星逆行中はね――』

＊

「夢って、不思議なものよね」

恵美の言葉で、水本は我に返った。

「……あ、はい。本当に」

電車に乗っていたら、田園に着いていてトレーラーカフェがあり、そこで水色のクリームソーダを飲んでいたら、猫に話しかけられた……なんて、『不思議』としか言いようがない夢だ。

一部はぼやけているのに、ところどころ鮮明なのも奇妙だ。

一度夢を思い出したら、彼女が言ったように、自分も夢の中で出してもらったクリームソーダの味をよく覚えているし、まったく知らなかった『水星逆行』について知れたのだ。

本当に不思議だ、と水本は腕を組む。

そういえば、最後にヴィーナスという猫は、なんて言ったのだろう？

『そう悪いことばかりじゃないのよ。水星逆行中はね──』

もう少しで出て来そうだが、じっくり思い出そうとしたら、延々と黙り込んでしまいそうだ。

それよりも、今は彼女の話を聞きたい。

水本は、顔を上げて恵美と視線を合わせる。

「ちなみに、恵美さんが見たのは、どんな夢だったんですか？」

彼女のことを知りたいと思う気持ちが半分。

もう半分は、純粋に彼女が見た夢が気になった。

それがね、と恵美は、膝の上で指先を組み合わせる。

「その夢を見たおかげで、前のお店を辞める決意をしたの」

「え、夢を見て、ですか？」

彼女は愉しげに笑って、そう、と頷いた。

後編　月光と金星のシャンパンフロート

1

「夢を見て、仕事を辞めたなんて……そういうと危険な感じよね。けど、後悔はしてないのよ」

そう言う早川恵美を前に、水本は黙って相槌をうつ。

「私ね、昔から友達の髪を整えてあげたり、綺麗にしてあげるのがすごく好きでね。だから、美容師は天職だと信じているの。都会にも憧れていて、でも、東京に出るほどの勇気はなかったから、西日本で一番都会だと思っている梅田で働きたいと考えていた。それが全部叶って、すごく嬉しかった」

恵美は晴れやかに言ったかと思うと、けどね、と目を伏せる。

「好きな場所で好きな仕事をしているのに、『なんだか違う気がする』って心のどこかで思っていたのよ。口にできない違和感が常にあったというか……」

恵美は、ふぅ、と息をつき、

「そんな時に、夢を見たのよねぇ……」

遠くを見るような目を見せながら、不思議な夢の話を始めた。

＊

それはいつもの仕事の終わり。

いつもと違ったのは、店長がスタッフを集めて、一人一人の指名が少ないことを指摘したことだ。

『そんな中でも、早川さんは指名が取れている。みんなも早川さんを見習って、一人一人に丁寧に接するように』

と、皆の前で私は褒められたのだ。

店長の言葉に、先輩を含めた店のスタッフたちは頷いていた。

本当ならば、嬉しい出来事だろう。

だが、私はとても落ち込んでしまった。

美容師の仕事は好きだし、ある面に於いて自信を持っているけれど、技術が乏しい部分もある。

私が指名を取れるのは、『話しやすい』『感じが良い』という理由であり、店の中で、自分の技術はそれほど高くないのを自覚していたからだ。指名を取れるのは嬉しいけれど、店のトップになりたくてがんばっているわけではない。

そんなもやもやが溜まっていた私は、その日、まっすぐ家に帰る気にはなれず、一人でふらりと居酒屋に立ち寄って、ついつい深酒をしてしまった。

居酒屋を出て、家への帰り道。

自分は大阪の街を歩いていたはずなのに、どうしてか実家の両親の理美容室がある、大手筋商店街の中を歩いていた。

その上、真夜中だったはずなのに、夕暮れ時に変わっていたのだ。

夕方の商店街は、いつも活気に満ち溢れている。

だが、その時は、通行人が一人もいなかった。

私はぼんやりした頭で、不思議に思いながら商店街を歩く。

すると両親の店の前に、女性が立っていた。

北欧を思わせる金髪碧眼の女性だった。髪は、ウェーブがかかったプラチナブロンドで、碧い瞳の中に金色が混じっているように見える。

とても美しい女性だった。

彼女は私を見て、あの、と声をかけてきた。

『この美容室の方ですか？』

『ええと、ここの娘です。どうかしましたか？』

そう問い返すと、彼女はおずおずと目を伏せる。

『実は今夜、私の晴れの舞台なんです。それで、ヘアメイクをお願いしたかったんですけど、このお店、開いていなくて……』

その言葉を受けて、私は店の中を覗きながら、扉に手をかけた。

定休日なのか、両親の姿はなく、扉にも鍵がかかっていた。

『休みのようですね。私もこの店の鍵は持っていなくて……』

そう言うと彼女は、がっかりした様子で肩を落とした。

まるで女優のように美しい彼女が、ひっそりと営んでいる両親の理美容室に来て、休みと知ってこんなにがっかりしているのが不思議だった。

だが、それ以上に嬉しい気持ちが勝って、

『あの、良かったら、私がしましょうか？　私も美容師で、一応ヘアメイクの道具なら持ってますし』

そう申し出ると、彼女は、パッと顔を明るくさせた。

『本当ですか？　嬉しいです』

『あ、でも、どこでしょうか……』

私が周辺を見回すと、
『あっちに、私たちの店があるんです。そこでお願いします』
と、彼女は軽やかに歩き出した。
『この商店街で働いているんですか？』
『ええ、でも、今だけです』
今だけ、と言った意味はすぐに分かった。
彼女は、商店街の中にある寺――『大光寺』の門をくぐる。
その境内の中心に、トレーラーカフェが停まっていた。
車の前にテーブルセットがいくつか置いてある。
『今日だけ、ここをお借りしているんです』
彼女はそう言って、ふふっ、と笑う。
エプロンを着けた大きな三毛猫がトレーラーから出てきて、看板を置いていた。
看板には【満月珈琲店】と書いてある。
『マスター、ここのテーブル、使わせてもらいます』
彼女は、その三毛猫に向かって、手を上げた。
どうやら、ここのマスターは着ぐるみを着ているようだ。
トレーラーから少し離れたところにはパイプ椅子があり、楽器を手にした外国人の男女が語り合っている。

赤い髪の青年がトランペット、銀髪の美少年がフルート、ふくよかで優しそうな女性がチェロ、黒いスーツを着た少し気難しそうな人が指揮棒を手にしていた。

その中でもっとも目を引いたのは、長い真っすぐな髪が印象的な美女だ。

思わず私が見入っていると、

『あの人、素敵でしょう？』

と、金髪碧眼の彼女が、椅子に腰を下ろす。

『ええ。でも、あなたも素敵です』

心から言うと、彼女は、ありがとう、と嬉しそうに目を細めた。

『私たちは、「満月珈琲店」のスタッフで、時々、「満月楽団員」にもなるんです』

その言葉に私は、もう一度、楽器を手にしている外国人たちの方に目を向けた。

『それじゃあ、あそこにいるのが、メンバーなんですね』

『ええ、全員じゃないけれど。今夜、つながっている仲間たちなんです』

と、彼女は頷く。

『つながっている……？』

どういう意味なのかよく分からず、私は微かに首をかしげる。

いくら日本語が上手とはいえ、彼女は外国人だ。

今夜、集まれたメンバー、という意味なのかもしれない。

『黒髪の彼女はオペラシンガーで、皆の憧れなんですよ。今夜は私、彼女のすぐ隣でバイオリンを弾くんです』

彼女は、頬を少し紅潮させて興奮したように言う。

今夜が彼女にとって、晴れの舞台であることが伝わってきた。

『分かりました。とびきり綺麗にヘアメイクをしますね』

私は強く頷いて、バッグを開き、テーブルの上に道具を並べる。

三面鏡を置いて、彼女の首にケープを付けた。

彼女が期待と不安に、ドキドキしているのが伝わってくる。

同じように私の鼓動も強くなるけれど、私には不安はない。

彼女を最高に美しくさせる自信があった。

丁寧にメイクをして、絹糸のように美しい髪をセットしていく。

自分の手で、彼女がみるみる美しくなっていく。

私は夢中でヘアメイクをし、仕事を終えて、大きく息を吐きだした。

気が付くと、茜色だった空が、蒼く染まっている。

彼女は、鏡の中に映る自分の姿を見て、嬉しそうに微笑んだ。

『こんなに綺麗にしてくださって、ありがとうございます。素晴らしい腕ですね』

いいえ、と私は首を振る。

『私こそありがとうございます。こんなに楽しかったのは久しぶりで……』

とても満ち足りた気分だった。

私はやっぱり、誰かを綺麗にできることがこんなにも嬉しい。

『久しぶりって、もしかして、お仕事……楽しくないんですか？』

心配そうに問う彼女に私は返答に困った。

『こうして、誰かを美しくするのが大好きなんです。だから、美容師の仕事は、天職だと思っているんですけど……』

どうして、こんなに毎日、しんどいのだろう？

自分に問いかけて、私は目を伏せる。

すると彼女は、黒髪の女性の方に視線を送った。

『彼女はもともと、バラードばかりを歌っているシンガーだったんです。でも楽しくなくなってしまったそうなんですよ。歌は大好きなのに、憂鬱になることが多かったそうで。それがある日、オペラを歌ってみたら、魂が震えるように「これが歌いたかったんだ」って思ったそうです。もしかしたら、あなたもそれに近い状態なのかもしれないですね』

彼女の言葉に、私は、どきり、とした。

『本当にありがとうございました、恵美さん』
彼女は、ぺこりと頭を下げて、弾んだ足取りで楽団員の元へ向かった。
どうして、私の名前を知ってるんだろう。
そんな戸惑いは、すぐになくなった。
次の瞬間、ああ、これは夢なんだ、と分かった。
彼女が、黒髪の美女の隣に立った時、二人の姿が猫に変わったのだ。
真っ白いペルシャ猫と、紫色の瞳が印象的な漆黒の黒猫だった。
二匹の猫は眩しく光って、まるで夜空に吸い込まれるように消えていく。
『――っ』
天へと伸びていく光につられて、私は夜空を仰いだ。
大きな満月の横に、金星が光り輝いていた。
黒スーツの男性が指揮棒を振る。
楽団員たちが演奏をはじめる。
夜空から美しい歌声とバイオリンの音色が聞こえてくる。
気が付くと、他のテーブルにも客がついていた。
人影があり、誰かが座っていることは分かるのに、不思議と顔は見えない。
月明りしかないせいかもしれない。

聞こえてくる音楽と歌声は、とても美しかった。

どこかで聞いた曲だ、とその音色に身を委ねていると、

『トゥーランドットより「誰も寝てはならぬ」ですよ』

と、三毛猫のマスターが、トレイを手に私の元にやってきた。

私が戸惑いながら顔を上げると、マスターは目を弓なりに細めて、カクテルグラスをテーブルの上に置いた。

グラスの中には金色の丸いアイスがあり、ミントの葉が載っている。

マスターはそこに、シャンパンを注いだ。

『「月光と金星のシャンパンフロート」です。とびきり甘い苺とご一緒にどうぞ』

グラスの横の小皿には、金粉がかかった苺も添えられていた。

『なんて、ゴージャス』

『今宵は、ヴィーナスとフルムーンが主役の演奏会ですから』

マスターは、ふふっ、と笑う。

スプーンを手に金色のアイスを口に運ぶと、黄桃の味が口いっぱいに広がる。

甘いだけではなく、シャンパンとミントの風味が良いアクセントになっていた。

まさに、これは大人のためのドリンクであり、スイーツという感じだ。

『これ……、絶品ですね』

演奏は今も続いている。

楽団員たちは、楽しそうに楽器を奏で、それに負けないくらい黒猫の歌声は伸びやかだ。

『素敵な歌声……。私も彼女にとっての「オペラ」に出会えるといいな……』

独り言のようにつぶやくと、マスターは『そうですね』と首から下げている懐中時計を取り出した。

『あなたの星を詠んでみましょうか？』

そう問われて、私はよく分からずに『あ、はい』と頷く。

マスターは時計のリュウズをかちりと押して、文字盤に目を向ける。

すると、上空にホロスコープが浮かび上がった。

マスターは、夜空を見上げて、ああ、と納得したように相槌をうった。

『あなたの金星は、第二室（ハウス）にありますね』

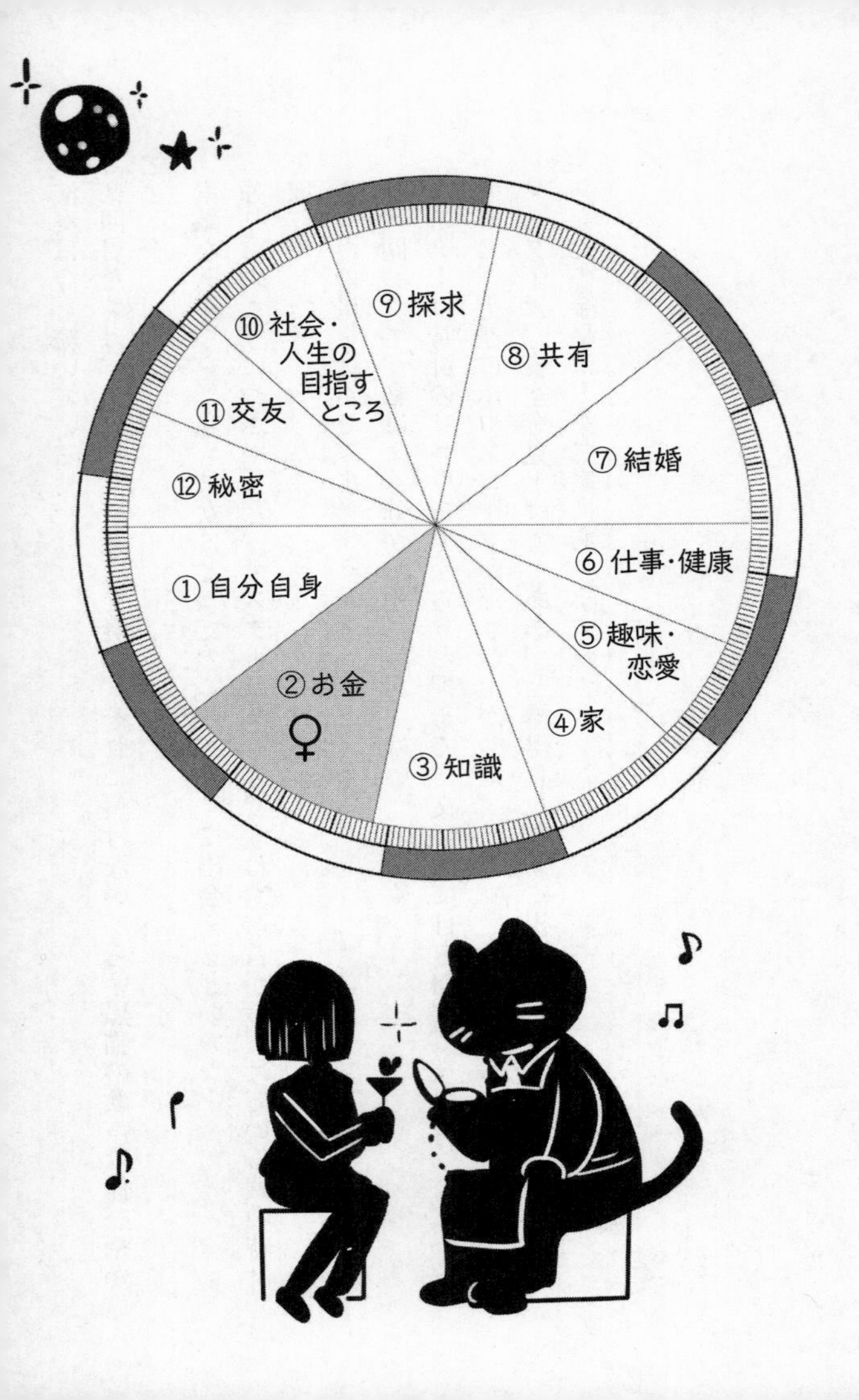
⑨探求
⑩社会・
人生の
目指す
ところ
⑧共有
⑪交友
⑦結婚
⑫秘密
⑥仕事・健康
①自分自身
⑤趣味・
恋愛
②お金
♀
④家
③知識

マスターの言う通り、「②お金」と記されているところに、♀のマークが入っている。

『お金――所有を暗示する第二室は、「自分にとって向いているお金の稼ぎ方」を教えてくれる部屋でもあります。金星は「娯楽」などを司る星。ですから、あなたはご自分の「楽しみ」を大いに活かすことで、繁栄していくんです』

『……楽しみ』

と、つぶやいて、私は夜空を見上げる。

仕事は楽しいはずだ。

それではなぜ、今の仕事がしんどいのだろう？

大きく思い当たるのは、二つ。

一つは、自分のペースで仕事ができないこと。

もう一つは、美容師として認めたくなかったことだ。

自分は、髪を「切る」のはあまり好きではないのだ。

――そうだ。
七五三、成人式、結婚式、写真撮影のためのヘアメイクは大好きだ。
とても綺麗にしてあげられる自信がある。

だけど、カットは、自分が思うように行かないことがあり、楽しいとは思えない。

自分の楽しみを活かした方が良いという話だ。

それならば、『楽しい』と思える仕事だけに絞るのはどうだろう?
そう思った瞬間、心が晴れやかになっていく。
濃紺だった空が明るくなり、朝陽が昇り始めていた。
いつの間にこんなに時間が経ったのだろう?
『夜明けにもう一杯、アイスコーヒーをどうぞ』
マスターはいたずらっぽく微笑んで、私の前に細長いグラスを置いた。
藍色に近い深い赤紫色の、アイスコーヒーだ。
マスターはそこに白っぽいシロップを注いでいく。
『朝焼けのシロップとご一緒に』
深い赤紫色だったアイスコーヒーは、みるみる明るくなっていく。
私はストローを手に、一口飲んだ。
ほろ苦くて、甘い。
優しく目覚める味わいだった。
『美味しい――』
どんどん夜が明けていく。
私は、眩しさを感じて目を細めた。

＊

「そうして、目を開けた時、自分の部屋のベッドにいたの」

恵美は、自分が見た夢の話をして、不思議な夢でしょう？　と水本を見た。

水本は、ごくりと喉を鳴らしながら、ぎこちなく頷く。

「あ、ごめん、引いちゃった？」

いえ、と水本はすぐに首を振った。

絶句したのは、自分の見た夢と、どこか似ていたからだ。

「それでね、私はお店を辞めたのよ」

話を続けた恵美に、水本は顔を上げた。

「このお店を手伝うことにしたんですか？」

たしかに、両親が経営する店ならば、自分の好きなスタイルで仕事ができるかもしれない。

水本はそんなふうに思ったが、その実は違っていた。

「もちろん、手伝うことは手伝うけど、私、フリーになったのよ」

「フリー？　美容師さんにフリーってあるんですか？」

「ええ。たとえば、結婚式場や写真館とかに呼ばれて出向いたり」

なるほど、と水本は頷く。

「最初はなかなか仕事なんて来ないだろうな、と覚悟はしていたのよ。でも、実際に始めたら、あちこちから声がかかってね。両親の知り合いで祇園の舞妓さんや芸妓さんの髪を作っている人がいるんだけど、『フリーになったなら、手伝いをしてほしい』って言ってもらえたり、さっきいた友人はテレビ関係の仕事をしているんだけど、局で活躍しているスタイリストさんが人手不足だから、大変な時は、ヘルプで来てほしいって。すごいでしょう?」

目を輝かせて言う彼女に、水本は素直に「すごいです」と頷いた。

でもね、と彼女は息をついた。

「ここ最近、連絡や予約がごちゃごちゃしちゃって、トラブル続きなのよ。ちゃんと自分のサイトを作りたいなぁって」

そういうことだったんだ、と水本は納得した。

すぐに姿勢を正して、彼女を見据える。

「そういうことでしたら、ぜひ、うちで作らせてください。費用はできるだけ勉強しますし、うちのテンプレートを使用してくれるなら、うんとお安くできますよ」

「嬉しい、ありがとう」

「どんな感じがいいですか？　一応、サンプルの資料があるんですけど」

水本は、話しながら鞄からパンフレットを取り出す。

「シンプルだけどセンスが良くて、個人のお客さんにも予約を入れやすい感じがいいと思っていて。カレンダーが表示されている雰囲気の」

ふむふむ、と水本は頷き、サンプル資料を見せる。

「それなら、こんな感じとか」

「うん、こういう感じ、いいね」

「あと、勝手な提案ですけど、早川さんのヘアセットの技術、素晴らしかったですし、そういうのを動画に撮って、載せてみるのはどうでしょう？」

「わぁ、それいい。『3分クッキング』みたいな感じで、『簡単にできるヘアアレンジ』って提案もできたら楽しそう」

「その場合、SNSと連動させたら、より効果的だと思いますよ」

水本があれこれと提案していると、恵美は少し可笑しそうに笑う。

「あ、変なこと言いましたか？」

「ううん、ごめんなさい。『あんなに小さかった水本君が、こんなに立派になって』って感心しちゃって」

愉しげに笑う恵美に、水本は苦笑した。

彼女は、小学校時代の自分を知っている。

三つの年の差は、小学校ではとても大きかったから、奇妙な感じがするのだろう。

「そういえば、さっきいた友達も同じ下校班にいたんだよ」

恵美は、今思い出したように言う。

「えっ、あの人も？」

「そう、彼女は班長さんだったの」

そう言われても、やはり覚えていない。

「すみません、全然、記憶になくて」

「そりゃあそうだよね。私たちが六年生の時、水本君は三年生だったものね。でも、芹川先生のことは覚えてる？　脚本家に転身した先生」

そう問われて、水本は「あ、はい」と頷いた。

覚えていたし、図らずも今、一緒に仕事をしている。

何より、とても印象的な出来事があったのだ。

恵美が自分を覚えていたのは、そのことがあったからだろう。

「懐かしいですね……」

水本はぽつりとつぶやく。

「本当だね」

恵美は遠くを見るように、天井を仰いだ。

2

小学校の頃のほとんどは、ぼんやりしか覚えていないが、あの出来事だけは、今も鮮明に覚えていた。

うちの登下校班には、芹川瑞希という非常勤講師が付き添っていた。

たいていの場合、教師は下校時しか付き添わない。

だが、芹川先生は、たまたま通学路の近くに住んでいたため、登校時にも付き添ってくれていた。

『みんな、ちゃんと宿題やったかなぁ？』

と、朝は朗らかに声をかけ、帰りは、しりとりをしたり、歌を歌ったりと楽しい道中だった。

芹川先生が休みの日は、みんなガッカリしていたくらい、彼女は慕われていた。

ある日のことだ。

下校班は、児童公園まで来たところで解散となる。

芹川先生は、公園の隣にある瀟洒(しょうしゃ)な洋館を、訝しげな様子で眺めていた。

その家には、老紳士が一人暮らしをしている。白髪でいつもきっちりとした服装をした、上品な雰囲気のおじいさんだった。

かつては、海外でも活躍していたピアニストだったという話だ。

今もピアノを弾いていて、下校時間はよくピアノの音が聞こえてきた。

公園に着くと、一、二年生は迎えに来ていた保護者に連れられて公園を後にする。

芹川先生はいつも、保護者とにこやかに挨拶を交わすのだが、その日はそれさえもせずに、おじいさんの家を見ていた。

『先生、どうしたの？』

上級生たちが不思議そうに訊ねると、芹川先生は我に返ったように生徒を見下ろした。

『あのおじいさん、雨の日以外はどんなに寒くても、毎朝必ず窓を開けて空気の入れ替えをしているの。そして夕方には楽器を弾いている。弾いてないときは庭の手入れをしてるのよ。だけど一昨日から天気が良いのに窓が開いていないし、ピアノの音も聞こえない、そして庭にも出ていないから……』

心配そうに言う芹川先生に、上級生たちは首を傾げる。

『毎朝、窓開いていたかなぁ？』

『もしかしたら、旅行に行ったのかも？』

そんな生徒たちに、芹川先生は苦笑した。

『おじいさんね、ついつい捨て猫を拾ってきてしまって、家に猫がたくさんいるから、今は旅行に行けないと話していたの。……ちょっと心配だから、インターホン鳴らしてみるね』

芹川先生はそう言って、その小さな洋館に向かった。

彼女につられるように残っていた班の生徒たちも、後をついていく。

そこに、水本もいた。

水本は覚えていないが、班長の明里や恵美もついていっていたそうだ。

芹川先生は息をのんで、インターホンを押した。

だが、おじいさんが応答することはなかった。

その代わり、窓際にたくさんの猫がやってきて、助けを求めるように鳴いたのだ。

『大変。やっぱり、何かあったんだ』

芹川先生はすぐに警察に連絡をして、中の様子を確認してもらった。

おじいさんは、数日前から病気で寝込んで、動けなくなっていたそうだ。

すぐに救急車がやってきた。

おじいさんは、担架に乗せられて、救急車に運ばれていく。

たくさんの猫たちは、おじいさんと一緒にいたいかのように、払っても払っても担架の上に乗ってきていた。

そんな猫たちに、おじいさんは担架の上で弱った様子を見せている。

『もし良かったら、帰ってくるまでの間、猫の面倒見ますよ』

そう言った芹川先生に、おじいさんは本当に嬉しそうに、ありがとう、と鍵を預けていった。

公園に残っていた保護者たちは、『鍵を預かるなんて、後でトラブルになっても知りませんよ』と訝しげに言っていた。

芹川先生は、『帰って来るまでの間ですから』と微笑んでいた。

そうして、芹川先生と登下校班の生徒は、毎日猫の世話をした。

朝と夕の餌、トイレの処理。

『みんな、もうすぐおじいさん、帰ってきてくれるからね』

と、芹川先生は猫たちに呼びかけながら、世話をしていた。

だが、おじいさんが、帰って来ることはなかった。

病院に運ばれてから約一月後、おじいさんはそこで息を引き取ってしまったのだ。

あんなに猫たちが、必死で担架の上に乗ってきていたのは、きっと気付いていたのだろう。

おじいさんに、もう会えないことを——。

おじいさんが亡くなってから、おじいさんのことが少し分かった。

もともと、海外の楽団の指揮者だったこと。

だが、指揮者を辞めて、ピアニストに転向した。

音楽に没頭してきた人生で、一度も結婚しなかったとか。

子どももいなかったため、捨て猫を拾っては我が子のように世話をしていたと。

おじいさんには、親しくなかったけれど甥がいて、彼が財産を受け継ぐことになったそうだ。

甥は、家を売るから、猫を保健所にやると言っていた。

それを必死に阻止したのが、芹川先生と生徒たちだった。

もう少しだけ時間がほしい。きっと、里親を見つけられると思う、と懸命に交渉していたのだ。

だが、おじいさんの甥は、一刻も早く家を処分したいの一点張りだった。

話を聞きながら、みんな苦々しい気持ちになっていた。

できるなら、猫を助けてあげたい。

だが、それぞれにどうにもできない事情があった。

話を聞きながら、ふと、うちなら預かれるのではないか、と水本は思い、走って家に帰り、両親に相談してみた。

というのも、水本の家は工務店で、資材置き場の小屋がある。

すでに、そこに勝手に猫が住み着いて、気ままに生活していたのだ。

水本の必死の言葉が伝わったようで、大らかな両親たちは、里親が見付かるまでの間、みんなでちゃんと世話をするなら、と了承してくれた。

そうして、猫たちは一旦、資材置き場で生活することになった。

里親が見付かるまでの間も、芹川先生と生徒たちが、毎日世話をした。

その後、皆の努力が実って、里親は無事見付かり、猫たちはそれぞれ新たな家へと旅立っていったのだ。

＊

「――猫はもう保健所にやるしかないのかもしれない、って流れになった時、公園に小さい水本君が走ってやってきて、『僕の家で預かれるよ』って言ってくれたんだよね。あの時のことよく覚えてる。私は本当に、泣きそうに嬉しかったんだ」

あの頃を思い出したのだろう、恵美は目に涙を浮かべながら、頰杖をついた。

水本は気恥ずかしさから、目を伏せる。

同時に思い出したこともあった。

猫を預かれると言った時、上級生の一人が『ありがとぉ』と泣いていたのだ。

泣きそうになった、というレベルではない。

まるで小さな子どものように号泣していたのだ。

六年生のお姉さんが、そんなふうに泣いた出来事は、とても印象的だった。

きっと、あの子が恵美だったのだろう。

「……もしかしたら、あの時の『猫の恩返し』かもしれないですね」

水本がそう言うと、恵美は、えっ、と目を瞬かせた。

「恵美さんの夢の話です。猫が恩返しをしてくれたのかも」

そう続けると、彼女は小さく笑う。

「私はみんなと一緒に世話をしたくらいで、恩返しされるほどのことはしてないわ。それに、おじいさんが飼っていた猫の中に、あんなに綺麗なペルシャ猫や、紫の瞳をした黒猫はいなかったし」

そういえば、と水本は頷く。

おじいさんが飼っていたのは、短い毛の猫ばかりだった。

「それじゃあ、猫が、猫の神様に恩返しをお願いした……とか」

思わずそんなことを洩らすと、「猫の神様って」と恵美は噴き出した。

「水本君みたいな人から、そんな言葉が出るのが意外」

そう言われて、水本の頬が熱くなった。

たしかに自分は、そんなことを言い出すタイプではない。

「もし、猫が、猫の神様にお願いして恩返しをするというなら、誰よりも、水本君が恩返しされないと」

「え、俺ですか？」

「そうだよ。水本君が、猫ちゃんたちを救ったんだから。みんなは、胸を痛めるだけで、何もできなかったのに……」

「それは、たまたま受け入れられる環境があったからで、大げさですよ」

と、水本も笑いながら、ふと、電車で見た夢の中で、猫が最後に言っていた言葉を思い出した。


——そう悪いことばかりじゃないのよ。水星逆行中はね、振り返りの時期なのよ。

何事も進むだけが良いわけじゃないわ。

昔を懐かしむ期間。

自分を見直せる大事な時期。

逆行中はね、懐かしい人に再会できたり、あの頃にはできなかったことにトライできる、リベンジの時でもあるのよ——。

ああ、そうだ、と水本は目を細めた。

ぼろぼろと泣いた上級生の女の子を前にしたあの時……。

自分の胸が、ギュッと詰まったのだ。

小学校三年生と六年生の差は、とても大きい。

それなのに、この子を守ってあげたい、という甘苦しい気持ちにさせられたのだ。

自覚していなかったけれど、初恋だったのだろう。

あの時の甘苦しい感情が、こみ上げてくる。

あれから、十数年。

不思議な縁で、初恋の子に再会できて、今こうして隣にいる。

彼女のことは、一瞬分からなかった。

だが、それは表面上のことで、自分の潜在意識は彼女をしっかり覚えていたのかもしれない。

だから、最初から妙に意識をしていたし、会えるだけで緊張して夜も眠れなくなっていたのだ。

あの頃にはできなかったことにトライできる、リベンジの時でもあるのよ――。

おしゃまなペルシャ猫の言葉が、頭を過る。

自分に星のことを教えて、背中を押してくれたのだ。

「……俺も恩返し、してもらったかもしれないです」

水本はそっとつぶやく。

「えっ、なになに？」

「気のせいかもしれないんですけどね……」

と、水本は、頭を掻いた。

「えっ、聞かせて」

恵美は目を輝かせながら、前のめりになった。

彼女ならば、訝しがらずに聞いてくれるだろう。

夢の話と一緒に、いろいろ話したいことがある。

伝達に関するトラブルに見舞われやすい『水星逆行』という時期があること。

その時期は悪いことだけではなく、芹川先生の近況も含めて、こうして懐かしい人に再会できる時期でもあるということを伝えたい。

だけど、『俺の初恋は、あなただったみたいです』と彼女に伝えてアプローチをするのは、水星の逆行が終わってからにしよう――。

水本は、恵美を見つめて、そっと微笑んだ。

エピローグ

1

芹川瑞希は、ソーシャルゲームを制作しているＩＴ会社から届いたメールを見るなり、「やった」と拳を握りしめた。

手にしているスマホのディスプレイには、『新たなメインキャラクターを設けるので、ぜひシナリオを担当していただきたい』という依頼の文面が表示されている。

脇役キャラクターとのエンドストーリーに精力を注ぎ、自分なりに良いものを作れたという満足感があった。

その結果は、自分の予想をはるかに超えるものだった。

ネットで話題となり、インタビューの話まで来た。

その時、打ち明けるなら今だと、自分が『芹川瑞希』であることを伝えたのだ。

それに対して、マイナスの反応が来るのも覚悟をしていたのだが、それはほとんどなく、好意的な意見が多く寄せられた。

そして目下の目標にしていた、メインキャラクターのシナリオを手掛けられることになったのだ。

ここでがんばれば、また次につながるかもしれない。

瑞希は、よしっ、と気合を入れて立ち上がり、紅茶の準備を始める。

部屋は以前と同じ、家賃の安いワンルームだ。

だが、不思議な珈琲店に出会ってから、狭くても満足のいく部屋づくりをしたいと思い、できる範囲で模様替えを始めた。

ベッドは使っていない時、きっちりとカバーをかけてクッションを並べ、ソファーとして使用できるようにした。

小さな食卓テーブルの側に観葉植物を置き、照明スタンドを置いた。そこだけ見るとカフェのテーブルに見えるではないか、と満悦している。

一輪でも、花も飾るようにしていた。

カーテンを新調することまではできなかったから、それを止めるタッセルを素敵なものに変えた。

マグカップも百均でとりあえず買ったものを使うのをやめて、自分が気に入ったものを使うようにしている。

なるべく自分の目に入るものを、ご機嫌なものにしておきたい。

そう心がけるだけで、気持ちがどんどん明るくなる。

大きな三毛猫の星詠みマスターが言っていたように、自分にとって『家』が良い空間であるのが、とても大事なようだ。

「家を暗示する第四室が牡牛座で、金星が入っているくらいだものね」

思い切って買ったラグジュアリーなカップ&ソーサーに紅茶を注いで、テーブルに着いた。

窓の外を眺めると、この前の三毛猫がベランダの手すりに座っていた。私を見て、まるで語りかけるように、ミャアと鳴く。

「なんて言ってるんだろう？」

ふと、あの不思議な夢で出会った老紳士を思い出す。あの時、私に何か話しかけていたのだ。聞こえなかったので分かるはずもなく、少し考えるも「さて」と気持ちを切り替えてパソコンを起動し、紅茶を口に運ぶ。

「まず、メールをチェック……」

不思議な『星詠み』に出会ってから、占星術に興味を持ち始め、自分なりに勉強を始めている。

「水星が逆行中だから、気を付けないと」

勉強をすることで、水星逆行についても知ることができた。

『水星逆行』の期間中は、メールを送ったつもりでも、送れていないということや、大事なメールが迷惑メールに振り分けられてしまうこともある。

なかなか厄介だが、リベンジに適した時期でもあるらしい。

「リベンジの時期か……もう一度、中山さんに企画を送ってみようかな……」

以前送った企画を、今の『水瓶座時代』に適したものに修正したい。

その旨を彼女に伝えられたら……。

メールを確認すると、その中山明里から届いていて、瑞希の心臓がどきんと跳ねた。

「中山さんから、すごいタイミング……」

どぎまぎしながら、瑞希はメールを開く。

『先日は、せっかくお時間を作ってくださったのに、ゆっくりお話ができずすみませんでした。芹川先生の企画ですが、今の時代にそぐわないと会議は通りませんでしたが、決して悪いものではなかったと思います。ぜひ、もう一度、今の時代に合わせるかたちで練り直していただけないでしょうか？』

彼女からのメールは、そんな内容だった。

ごくりと瑞希の喉が鳴った。

「すごい。本当にリベンジの時だ」

どきどきと鼓動が強くなる。
「がんばろう」
瑞希は強いまなざしでキーボードに手を伸ばし、『ありがとうございます』と打つ。
ふと、再び老紳士の姿が頭に浮かぶ。その時の彼の口の動きを、思い出した。
――ありがとう。
そうだ、彼はそう言っていたのだ。

2

中山明里は、鴨川が望めるビストロバーのカウンターで、次郎を待っていた。
カウンターの向こうは、大きな窓となっている。
陽はすっかり落ちていて、綺麗な満月が空に浮かんでいた。
「今夜も満月だったんだ……」
スマホを手にすると、黒い画面に自分の姿が映っている。
幼馴染で親友の早川恵美に、綺麗に整えてもらった髪が少し気恥ずかしい。
だが、恵美の技術が一目瞭然で、それは良いかもしれない。
うん、と頷いて明里はスマホを開く。

ネットのニュースを見ると、鮎川沙月の話題が載っていた。

あの不思議な体験をした後、彼女は、どんな目に遭ってもすべて受け止める覚悟で、会見を開いた。

不倫相手のことを一切責めず、奥さんとお子さんに本当に申し訳ないことをしたこと。また、自分のニュースで傷ついた多くの人に対して、真摯に謝罪したのだ。

もちろん、どんなに謝罪しても、許せないと声を上げている人は多い。

だが、同日の夕方、不倫相手の俳優が、『彼女の会見通り、すべて彼女が悪いんです。自分は悪くない』と責任逃れしたことから、世間の怒りの矛先が鮎川沙月から不倫相手の方に変わったのだ。

なおかつ、その俳優が、他の女性とも交際していたのが発覚。

『鮎川沙月は、どうしようもない男に引っかかってしまった残念な女』という同情めいたまなざしを向けられるようになり、今は、少しずつだがテレビに出るようになっている。

ネットに載っているニュースは、番組で彼女が『もう恋はしばらくいいです』と発言したことが取り上げられていた。

『不倫女が何を言う』という声もあるが、『そうそう、悪い男に引っかかるから仕事がんばれ』『今度は騙（だま）されないように』という声も多い。

今も厳しい声はあるだろうが、それでも逃げずに歩き出している彼女の姿に、自分もがんばろう、と勇気をもらえた。

メールを確認すると、芹川瑞希からの返信が入っていた。

『ありがとうございます。ぜひ、やらせてください。がんばります』

そんな彼女からの返信に、明里の頰は緩んだ。

「あら、明里チャン、今日はすっごくイイ女じゃない？」

横から次郎の声がして、明里は顔を上げる。

スタイリストの次郎がいた。

Tシャツにジーンズとラフな出で立ちだ。

「次郎さん、こんばんは」

「こんばんは。失礼するわね」

と、次郎は、明里の隣に腰を下ろす。

二人でクラフトビールをオーダーして、乾杯した。

「この髪はメグに……、話していたあの友達にやってもらったんです」

「あ、ヘルプに入るなら大丈夫って言ってた、フリーの美容師の？」

「はい。『ぜひ、よろしくお願いします』って。次郎さんに会えるのを楽しみにしていましたよ」

「アタシも楽しみだわ。それにしても、すっごく綺麗な編み込み。明里チャンによく似合うセットだし、腕が良いのが分かるわ」

ありがとうございます、と明里ははにかむ。

「それにしても、明里チャン、最近、綺麗になったわよね。彼氏でもできた？　もしかして、彼氏からメッセージが届いてにやけてたの？」

そう問われて、明里はゴホッとむせた。

「いえ、彼氏じゃなくて、芹川先生からメールが来てて」

「芹川先生って、前に明里チャンがボツを言い渡した？」

はい、と明里は頷いた。

「あの後、次郎さんに言われた言葉が、ずっと頭に残っていて……」

次郎は、あら、と頬に手を当てる。

「アタシ、何か言ったかしら？」

「『かき集めた勇気は、「拒絶」という強風を前にすると、簡単に吹き飛ばされてしまうものなのよ』って。『食い下がれるというのは、自信がある人だけ』だって」

本当にそうだな、と思ったのだ。

「そんなこと言ったかしら」

「言いましたよ。そして私が自分にも他人にも厳しいって」

「あー、それは言ったわね」

「でも、それも、少しずつでも、やめられたら、って思ってるんです。もう少し自分を甘やかしてあげてもいいんじゃないかって。甘やかすとも違うかな？　自分の素直な心を認めてあげて、受け止めてあげるというか。それが少しでもできるようになったらって……」

明里がそう言うと、次郎は、ぷっ、と笑った。

「え、何か可笑しかったですか？」

「だって、『少し』が強調されてて。よっぽど少しずつじゃないとできないんだなと思って」

愉しげに笑う次郎を前に、明里は苦笑した。

「そうかもです……」

「でも、少しずつでも、そういうのができるって大事よ。でないと、アタシみたいに大変なことになっちゃうから」

「大変なことって？」

明里は不思議に思いながら、次郎の横顔に目を向ける。

「うちは、両親ともに頭が堅くて、とっても厳しい家だったのよ。絶対、国家公務員になれって言われてきたわ。アタシも途中までがんばってたんだけど、なんだか息ができなくなってね。高校生の時、ふと、出来心で姉のワンピースを着てみたの。よく分からない背徳感を味わいたくて。そしたら、それが父親に見付かっちゃって」

「えっ、それでどうしたんですか？」

明里はハラハラしながら、少し前のめりになる。

「もう、変態だ、恥さらしだと大騒ぎよ。それで、アタシも切れちゃって、『そうよ、アタシは本当はずっとオネエなのよぉ』って、父親に向かってオネエ言葉で叫んでやったわ。そしたら、思いっきり殴られて、そのまま勘当されたの」

次郎は、あはは、と笑う。

「次郎さんはそれから、どうしたんですか？」

「高校卒業までは、母方の祖母の家でお世話になって、その後は美容室で働きながら、資格を取って、様々なご縁を経て、今に至るってわけ。あれはアタシの人生革命ね」

「革命って、大変なことですよね……」

「本当ね。両親を傷つけたし、それまでに作られた家族が壊れてしまったけど、あのままだったら、アタシが壊れていたのよ。あの革命でアタシは自分の人生をつかむことができたのよねぇ」

次郎は、ふふっ、と笑って頬杖をつき、そっと肩をすくめた。

「そうは言っても両親には本当に悪いことをしたと思っているわ。一応は和解してるんだけど、実家には帰ってないの」

「でも、ご両親が次郎さんをちゃんと見ていて心を汲んでいたら、そんな革命も起こらなかったわけですから、それはどっちが悪いとかではないと思います……」

明里がそう言うと、次郎は、ありがと、と笑った。

話しながらも、明里が気になってならないことがあった。

次郎の恋愛についてだ。

そうした経緯で、今の彼があるようだけど……。

「あの、聞いてもいいですか？」

思い切って口を開いた明里に、次郎は「何かしら」と目を見開く。

「次郎さんは、口調はオネエですけど、心もオネエなんですか？」

「心もオネエ？」

「あの、恋愛対象は、男性なのか、女性なのか気になって……」

勢いで聞いたものの、あまりにプライベートな質問だったと明里は反省し、語尾が小さくなる。

次郎は、ぷっ、と笑って、横目で明里を見た。

「あら、どっちだったらいいかしら？」

そう問われて、明里の鼓動が強くなる。

「……次郎さんが恋愛をする対象が、女性だったら、いいなと思います」

「どうして？」

次郎はきょとんとした様子で、明里を見た。

「どうしてって……」

「てっきり、『BL話聞かせてください』って言われるかと思ったから」

「いえ、そんなことは……ただ……」

「好奇心で？」

と、突っ込まれて、明里の言葉が詰まった。

次郎は、とても鋭いタイプだ。

もしかしたら、自分の気持ちに気付きながら、からかっているのかもしれない。

そう思い、明里は意を決して、拳を握り締める。

「次郎さんが、好き、だからです」

ふり絞るようにして言うと、次郎は大きく目を見開いて、動きを止めた。

「……え、嘘でしょ？」

次郎は硬直して、信じられない、と洩らす。

明里は何も言えずに、首だけ振った。

「だって、明里チャンみたいなタイプは、絶対アタシみたいなのを受け付けないかと思ってた。あ、異性としての話ね」
この鋭い彼も、どうやら、微塵も気づいていなかったようだ。
次郎がそう思うのも無理はない。
明里自身、しばらく認められなかったくらいだ。
だけど、決めたのだ。
自分の心に素直になろう。
認めて、受け止めてあげようと。
それが、大事なのだと――。
「次郎さんにとって、私は対象外かもしれないけど、好きなんです」
静かにそう続けると、次郎は黙り込んだ。
どうしたのだろう?
困っているのだろうか?
明里が恐る恐る横を向くと、次郎は耳まで真っ赤になっていた。
「……次郎さん?」
「ちょっと待って、明里チャン、そういうの反則」
次郎はそう言って、手で顔を覆う。
えっ、と明里は戸惑った。

「ドキドキしちゃったじゃない。アタシ、明里チャンの言うところの心はオトコなんだから……」

まるで独り言のようにつぶやいた次郎に、今度は明里の顔が熱くなる。

窓の向こうから、まるで二人を祝福するようにピアノの音色が流れてきていた。

3

滔々と流れる鴨川の河原に、『満月珈琲店』があった。

その側でピアノの音色が静かに流れている。

看板を片付けた『満月珈琲店』の猫のスタッフたちは、椅子に座ってそのピアノに酔いしれ、目を瞑っている。

河川敷には、真っ黒いグランドピアノがあり、老紳士がピアノを奏でていた。

満月の明かりが、スポットライトのように彼を照らしている。

曲は、エルガーの『愛のあいさつ』。

演奏が終わると、猫たちは惜しみない拍手をして、彼の元に駆け出した。

紳士はゆっくりと立ち上がり、猫たちの頭や顎を撫(な)でながら、『満月珈琲店』に歩み寄る。

三毛猫のマスターは、パチパチと拍手をし、テーブルの上にジョッキを置いた。

「どうぞ、『空色ビール〝星空〟』です」

ジョッキの中には、濃紺、藍色、水色、オレンジとグラデーションになっていて、そこに天の川を含む星々が鏤(ちりば)められている不思議なビールが注がれている。

紳士は、おお、と嬉しさに顔をくしゃっとさせながら、椅子に腰を下ろした。

「もう、看板を片付けているのに申し訳ないね」

「いいえ、素敵な演奏を聴かせてくれたお礼です」

と、マスターは胸に手を当てる。

「今の演奏は君たちへのお礼のつもりでしたのに……」

「お礼、ですか?」

「ええ、あの子たちを導いてくれて、本当にありがとう」

紳士は立ち上がって、深く頭を下げる。

「礼には及びませんよ。我々の仲間を助けてくれたあの子たちには、とても感謝しているんです」

とマスターは微笑み、「座っても?」と向かい側の椅子に視線を落とした。

「もちろん」

紳士とマスターは、対面に腰を下ろす。

マスターの前にも同じビールが出てきて、紳士と共に乾杯をした。

紳士はジョッキを口に運び、うん、と目を瞑る。

「たまらない美味しさだ。染み渡るようだね」

「ありがとうございます」

「懐かしいな。わたしがこの店で初めて飲んだのも、ビールでした」

「そうでしたか？」

「ああ、プラハの街角で大きな猫の君が、私にビールを出してくれて、『もっと肩の力を抜いてください』って言ってくれたんですよ。あの時のビールの美味しさは、今も残っています」

紳士は、懐かしそうに目を細める。

「そういえば、そうでしたね。あの頃のあなたはまだ、火星期の青年で、指揮者だった」

「もう四十路で『青年』扱いには戸惑ったけれど、今振り返ると、あの頃はまだまだ、青い若造でしたね。指揮者として名を馳せるようになって、こだわりも強くなって、横暴にもなっていた。オケの楽団員たちを、自分の音楽を表現するための道具のようにしか思えなくなっていました……」

そうして、自分はオーケストラにボイコットされたのだ。

自分はただ、最高の音楽を作りたいだけだったのに――。

悩み苦しんで、音楽さえも嫌いになってしまいそうだった頃。

ヴルタヴァ川の畔をふらふらと歩いている時だ。

カレル橋の側に、不思議なトレーラーカフェがあったのだ。

そこで、大きな猫に『もっと肩の力を抜いてください』と、不思議なビールを出してもらい、星を詠んでもらった。

『あなたは、自分自身を表す第一室(ハウス)に「冥王星」が入っています。冥王星は、とても強いエネルギーの星。大きなカリスマ性がありますが、執着やこだわりも強い暗示です。そうしたことが前面に出ると、周囲がついて来られないという結果になってしまうこともあるのでしょう』

話を聞いて、納得した。

自分は、自分の音楽を表現したいのだ。

そのこだわりは、きっと捨てきれないだろう。

こうしてアドバイスを受けて、納得し、反省をしてもオケの前に立てば、どうしても自分の音楽を表現したいと、無理難題を押し付けてしまう――。

『それでは、まず、ご自分一人でチャレンジなさってはいかがでしょうか?』

『一人で?』

『ええ、たとえば、あの楽器で表現されてみるのはどうでしょう？』

そう言ったマスターの視線の先に、一台のグランドピアノがあった。

『…………』

指揮者になる前、楽器は一通りやってきた。

もちろん、ピアノも人並み以上には弾ける。

〝ピアノは一台でオーケストラ〟

そんな言葉もあるほど、多彩に音楽を表現できる楽器だ。

――そうだ。

人にあれこれ言う前に、まず自分自身で、表現したい音楽を極めてみよう――。

立ち上がって、ピアノの元へと歩いていく。

『がんばってください。冥王星は、破壊と再生を司る星です。あなたのファンの一人として、あなたの復活を願っておりますよ』

マスターのその声が背中に届き、振り返った時には、その不思議なトレーラーカフェはなくなっていたのだ。

「……あれから、私は『ピアノで自分の音楽を表現しよう。それができたら、指揮者として復帰しても良いかもしれない』なんて思っていました。ですがなかなか満足できない。そこで心から反省したんです」

しみじみと告げた紳士に、マスターは小首を傾げた。

「反省を？」

「ええ、自分でも表現できないものを、『もっと感じて表現しろ』等と、中途半端な指示でオケの仲間たちに押し付けていたわけですから……。結局、わたしはピアノにのめりこんでしまい、指揮者に戻ることはなかった」

そうですね、とマスターは頷く。

「そうしてあなたは、世界に名の知れた、素晴らしいピアニストになった」

「そう聞くと随分立派ですが、気が付くと結婚もせずに一人という、ただの音楽バカですよ。老後は親が残した家をリフォームして、ピアノを弾いて過ごしていました」

紳士はそう言って、頬杖をつく。

猫に救われたから、捨て猫を見ると放っておけずに、拾ってしまっていた。

本当は、自分が猫たちに救われていたのに――。

「……そして、あの子どもたちも私の救いでした。朝と夕方に元気に挨拶をしてくれる。わたしのピアノを嬉しそうに聴いてくれる。わたしは、あの子たちが帰ってくる時間が、とても楽しみで、今日は何を弾こうかと心を弾ませていました。そして最期まで、助けてもらいました」

「ですから、あの子たちを助けたかったんですね？」

そう問うたマスターに、紳士はそっと頷く。

「あの子たちはそれぞれ、昔のわたしを見ているようでした。わたしもボイコット騒動の後、オケの前に立つのが怖くなって、逃げ出してしまったんです。その後は、音楽は好きでも指揮者を続けるのが苦しかった。そして恋もそうです。若い頃恋をした人は、うんと年上の離婚歴のある人で、周囲に『お前に相応（ふさわ）しくない』と言われ、自分の心を押し殺してしまった。気が付くと彼女は他の男性と結ばれてしまっていました。あの時、つまらない意地やプライドを優先して動けなかった自分をどれだけ責めて、後悔したか……。もっと早くに自分の気持ちに正直になっていたら、と今でも悔やみます」

紳士は、ふう、と息をつき、その後に口角を上げた。

「まぁ、過ぎてしまえば、そうした経験のすべてが愛しく、眩しい宝なんですがね。ですが、あの子たちには、せめて自分を偽ってほしくなかったんです」

「それが、あなたから、彼女たちへのお礼だったんですね……」

ええ、と紳士は頷き、夜空を仰ぐ。

「それに、今は一つの時代が終わって、新たな時代が始まる激動の時です。苦しいことや試練も多くなりますが、星を知ることで人はずいぶんと生きやすくなるもの。それをあの子たちに知ってもらいたかったんです。そのことは、マスター、あなたがわたしに教えてくれたことですね」

マスターは、そうですね、と懐かしそうに目を三日月の形に細めた。

「出生図（ネイタルチャート）とは『運命のレコード』であり、『人生の羅針盤』です。自分らしく人生という旅路を進むためには、まず、自身を知ること。『星詠み』としては一人でも多くの人に、それを知ってもらえたらと願っています」

マスターと紳士は、顔を見合わせて、ふふっ、と微笑む。

紳士はビールを飲み干し、さて、と立ち上がった。

「最後にもう一曲。あなた方と、あの子たちのために弾きたいと思います」

「嬉しいですね。なんの曲を？」

「ベートーヴェンの『悲愴』を……」

「あの子たちのために『悲愴』を？」

「この前、芹川先生がここで、わたしの奏でる『悲愴』を聴いて、わたしの伝えたかった想いを感じ取ってくれたんです。それがとても嬉しかった」

ベートーヴェンが『悲愴』を作った時、彼はすでに重度の難聴に冒されていた。

その事実を知ると、まさに切ない悲痛の曲かもしれない。

だが、全体的なメロディは切なさの中に、優しさと強さがある。

彼が自らの境遇を受け止め、歩み出す決意を感じさせるのだ。
ドン底からの再生。まさに冥王星を思わせる曲だった。
そのメロディは、苦難の中にいる者たちの心を包み、寄り添うのだろう。
——もしかしたら、『悲愴』は、傷付いた心を癒す曲なのかもしれない……。
紳士はピアノの前に座り、瑞希の言葉を振り返り、ふっ、と頬を緩ませる。
河原に、ピアノソナタ第8番ハ短調作品13番『悲愴』の音色が流れる。
猫たちは、うっとりと目を細め、大きな月が微笑むように輝いていた。

あとがき

本書をお読みくださってありがとうございます。望月麻衣です。

出生図（ネイタルチャート）という『運命のレコード』を詠む、猫の星詠みマスターがいる『満月珈琲店の星詠み』は、私がずっと書きたいと胸に抱いていた西洋占星術をモチーフにしたお話です。

本作品を監修してくださった西洋占星術講師の宮崎えり子先生、本当にありがとうございました。

私が、西洋占星術に出会ったのは、二〇一三年の頃でした。

たまたま西洋占星術の情報を発信しているSNSの記事を読むようになり、星の流れに従って行動するようにしたんです。

例えば、『月が獅子座に入ったので自己アピールに適した時期です』、『月が乙女座に入りましたので、今度は、縁の下の力持ちになるように心がけましょう』といったこと。

また自分の出生図を見て、自分にはどんなことが向いているのか調べてみるようになりました。

星の流れを意識し始めたことで、私はどんどん開運していきました。

その年の夏にWEBの小説大賞を受賞、作品の書籍化、コミカライズ、アニメ化も。

二〇一三年の時点では、受賞が嬉しく、『星ってすごい。しっかり占星術の勉強をしよう』と、まずは独学で勉強を始めました。ですが、独学では分からないことも多く、二〇一五年から占星術講師の元で学ぶようになりました。

勉強をスタートして三年くらい経った二〇一六年頃に、一度、占星術をモチーフに作品を書いてみたいと思ったのです。

が、いざ書こうと思ったら、書けない。物語にして書くというのは、ある程度自分の中に落とし込んでいないとできないもので、分かったつもりでも自分が勉強不足であるのを痛感しました。

それからも勉強を続けまして、まだまだ素人ですが、『素人目線で占星術の入口の話くらいは、ようやく書けそう』というところまで来たんです。

そんなある日のこと。

SNSで、素敵なイラストを目にしました。

桜田千尋（さくらだちひろ）さんというイラストレーターが描いた、猫のマスターがいる不思議な喫茶店、『満月珈琲店』のイラストです。とても美しく幻想的で、描かれている夜空のように、どこまでも無限に世界観が広がっているようでした。

私は一目で魅了され、同時に、『もし、占星術のお話を書くなら、この方のイラストがいいなぁ』などと、勝手ながら思っていました。

それから少しして、二〇一九年の春頃。

桜田千尋先生が、関西コミティアという同人イベントに出展し、イラスト集を販売するという情報を知り、『絶対にイラスト集がほしい！』と、私は大阪まで行ってきました。桜田先生の作品を購入し、

「実は私、小説を書いていまして、いつか、桜田先生と一緒にお仕事できたら嬉しいです」と図々しく、名刺を交換させてもらって帰ってきたんです。

その後、『京洛の森のアリス』（文春文庫）の3巻が発売され、文藝春秋の二人の担当編集さんたちとの打ち合わせでのこと。

「望月さん、京洛アリスの4巻は、いつ頃になりそうですか？」と、問われた私は、

「京洛アリスは展開が落ち着いたので、少しお休みをいただきたくて……実は新作も書きたいと思っているんですよ。占星術のお話でして、素敵なイラストを描く方がいらっしゃいまして……」

そう自分の想いを伝え、桜田先生のイラストを見てもらいました。すると、「とても素敵ですね！　ぜひ、やりましょう！」とその場で即決。

桜田先生もオファーを受けてくださったんです。

桜田先生、本当にありがとうございました。

その後、桜田先生を交えた打ち合わせでは、「あの時、望月さんが『いつか一緒にお仕事したいです』と言ってくれましたけど、まさか文藝春秋さんを引き連れて来るとは思いませんでした」と、笑って仰っていました。

桜田先生は、『満月珈琲店』のイラストを描くようになってから、どんどん人気が出て、たくさんのお話が来たそうです。

ですが、「出版系の話は望月さんが一番早かったです」とのことで、これは、とても嬉しかったです。

また、そんな桜田先生、ＫＡＤＯＫＡＷＡさんよりイラスト集も刊行することになりました。発売は本書と同月の予定です。

こちらのイラスト集と、私の本の『星詠み』でコラボをしようという話にもなりまして、なんと桜田先生のイラスト集に、私の書き下ろし短編が載ります。

本書『満月珈琲店の星詠み』（文春文庫）と、桜田千尋先生のイラスト集『満月珈琲店』（ＫＡＤＯＫＡＷＡ）、出版社の枠を超えたコラボです。併せてどうぞよろしくお願いいたします。

『占星術をモチーフにした話を書きたい』と何年も練ってきた構想は、桜田千尋先生という素晴らしいイラストレーターとの出会いから、流星のような速さで、書籍化が決まり、お話が生まれました。

これも、星の不思議な導きなのかもしれませんね。

占星術は、奥の深すぎる世界で、私も入口に立っているにすぎません。

そして、この作品はまさに星についての入口のお話です。この作品がきっかけとなって少しでも占星術に興味をもっていただけたら嬉しいです。


この場をお借りして、伝えさせてください。

私と本作品を取り巻くすべてのご縁に、心より感謝とお礼を申し上げます。

本当に、ありがとうございました。

望月麻衣

参考文献

ルネ・ヴァン・ダール研究所『いちばんやさしい西洋占星術入門』(ナツメ社)
ケヴィン・バーク　伊泉龍一訳『占星術完全ガイド　古典的技法から現代的解釈まで』(フォーテュナ)
ルル・ラブア『占星学 新装版』(実業之日本社)
鏡リュウジ『鏡リュウジの占星術の教科書I　自分を知る編』(原書房)
松村潔『最新占星術入門』(学習研究社)
松村潔『完全マスター西洋占星術』(説話社)
松村潔『運命を導く東京星図』(ダイヤモンド社)
石井ゆかり『月で読む　あしたの星占い』(すみれ書房)
永田久『暦と占いの科学』(新潮選書)
Ｋｅｉｋｏ『宇宙とつながる!　願う前に、願いがかなう本』(大和出版)
銭天牛『すぐに役立つ銭流易経』(棋苑図書)

初出　プロローグ・第一章　別冊文藝春秋二〇二〇年七月号
第二章〜エピローグ　書き下ろし
本書は文庫オリジナルです

文春文庫

満月珈琲店の星詠み

定価はカバーに表示してあります

2020年7月10日　第1刷
2023年2月10日　第21刷

著　者　望月麻衣
画　　　桜田千尋
発行者　大沼貴之
発行所　株式会社　文藝春秋

東京都千代田区紀尾井町3-23　〒102-8008
TEL 03・3265・1211㈹
文藝春秋ホームページ　http://www.bunshun.co.jp

落丁、乱丁本は、お手数ですが小社製作部宛お送り下さい。送料小社負担でお取替致します。

印刷・萩原印刷　製本・加藤製本
Printed in Japan
ISBN978-4-16-791400-4

（　）内は解説者。品切の節はご容赦下さい。

福田和代
バベル
ある日突然、悠希の恋人が高熱で意識不明となってしまう。感染爆発が始まった原因不明の新型ウイルスに、人間が立ち向かう術はあるのか？　近未来の日本を襲うバイオクライシスノベル。
ふ-45-1

藤崎彩織
ふたご
彼はわたしの人生の破壊者であり、創造者だった。異彩の少年に導かれた孤独な少女。その苦悩の先に見つけた確かな光とは。第158回直木賞候補となった、鮮烈なデビュー小説。（宮下奈都）
ふ-46-1

誉田哲也
武士道セブンティーン
スポーツと剣道、暴力と剣道の狭間で揺れる17歳、柔の早苗と剛の香織。横浜と福岡に分かれた二人は、別々に武士道とは何かを追い求めてゆく。「武士道」シリーズ第二巻。（藤田香織）
ほ-15-3

誉田哲也
増山超能力師事務所
超能力が事業認定された日本で、能力も見た目も凸凹な所員たちが、浮気調査や人探しなど悩み解決に奔走。異端の苦悩や葛藤を時にコミカルに時にビターに描く連作短編集。（城戸朱理）
ほ-15-7

誉田哲也
増山超能力師大戦争
超能力関連の先進技術開発者が行方不明となり、妻から調査を依頼された事務所の面々。だが、やがて所員や増山の家族にも危険が及び始めて――。人気シリーズ第二弾。（小橋めぐみ）
ほ-15-9

本城雅人
崩壊の森
日本人記者・土井垣侑が降り立ったソ連は「特ダネ禁止」の場所だった。謎の美女、尾行、スパイ。ソ連崩壊を巡る情報戦を圧倒的リアルさで描くインテリジェンス小説の傑作！（佐藤　優）
ほ-18-5

万城目　学
プリンセス・トヨトミ
東京から来た会計検査院調査官三人と大阪下町育ちの少年少女が、四百年にわたる歴史の封印を解く時、大阪が全停止する!?　万城目ワールド真骨頂。大阪を巡るエッセイも巻末収録。
ま-24-2

真山　仁
コラプティオ
震災後の日本に現れたカリスマ総理・宮藤は、原発輸出を推し進めるが、徐々に独裁色を強める政権の闇を暴こうとするメディアとの暗闘が始まる。謀略渦巻く超本格政治ドラマ。（永江　朗）
ま-33-1

真山　仁
売国
日本が誇る宇宙開発技術をアメリカに売り渡す「売国奴」は誰だ!? 検察官・冨永真一と若き研究者・八反田遙。そして「戦後の闇」が二人に迫る。超弩級エンタメ。（関口苑生）
ま-33-2

真山　仁
標的
東京地検特捜部・冨永真一検事は、初の女性総理候補・越村みやび厚労相の、サービス付き高齢者向け住宅をめぐる疑獄を追う。「権力と正義」シリーズ第3弾！（鎌田　靖）
ま-33-3

又吉直樹
火花
売れない芸人の徳永は、先輩芸人の神谷を師として仰ぐようになる。二人の出会いの果てに、見える景色は。第一五三回芥川賞受賞作。受賞記念エッセイ「芥川龍之介への手紙」を併録。
ま-38-1

円居　挽
キングレオの冒険
京都の街で相次ぐ殺人事件。なぜか全てホームズ譚を模していた。「日本探偵公社」の若きスター・天親獅子丸が解明に乗り出すと、謎の天才犯罪者の存在が浮かび……。（円堂都司昭）
ま-41-1

円居　挽
キングレオの回想
獅子丸は、天才的頭脳の少年・論語から、ある女性の正体を知りたいと依頼を受ける。一方、助手の大河には、さる高貴な男性の醜聞が持ち込まれ……。巻末に描き下ろし漫画を収録。
ま-41-2

円居　挽
キングレオの帰還
行方不明だった獅子丸が京都に帰ってきた！　しかし、大河の私生活に起きた大きな変化に激しく動揺する。さらに、久しぶりに入った自身のオフィスには、驚愕の事態が待っていた。
ま-41-3

（　）内は解説者。品切の節はご容赦下さい。

宮尾登美子
鬼龍院花子の生涯
大正四年、鬼龍院政五郎は故郷・土佐に男稼業の看板を掲げる。〝男〟を売る社会のしがらみと、彼を取巻く女たちの愛憎入り乱れる人生模様を独自の艶冶の筆にのせた長篇。（青山光二）
み-2-13

水野敬也
雨の日も、晴れ男
二人の幼い神のいたずらで不幸な出来事が次々起こるアレックスだが、どんな不幸に見舞われても前向きに生きていく……人生で一番大切な事は何かを教えてくれる感動の自己啓発小説。
み-35-1

三浦しをん
まほろ駅前多田便利軒
東京郊外〝まほろ市〟で便利屋を営む多田のもとに、高校時代の同級生・行天が転がりこんだ。通常の依頼のはずが彼らにかかると、ややこしい事態が出来（しゅったい）して。直木賞受賞作。（鴻巣友季子）
み-36-1

三浦しをん
まほろ駅前番外地
東京郊外のまほろ市で便利屋を営む多田と行天。汚部屋清掃、遺品整理に子守も多田便利軒が承ります。まほろの愉快な奴らが帰ってきた！　七編のスピンアウトストーリー。（池田真紀子）
み-36-2

三浦しをん
まほろ駅前狂騒曲
多田と行天に新たな依頼が。それは夏の間、四歳の女児「はる」を預かること。男手二つで悪戦苦闘していると、まほろ駅前では前代未聞の大騒動が。感動の大団円！（岸本佐知子）
み-36-4

道尾秀介
月と蟹
二人の少年と母のない少女、寄る辺ない大人達。誰もが秘密を抱えるなか、子供達の始めた願い事遊びはやがて切実な儀式に変わり——哀しい祈りが胸に迫る直木賞受賞作。（伊集院　静）
み-38-2

道尾秀介
スタフ　staph
ワゴンの移動デリを経営するアラサーでバツイチの夏都。あることをきっかけに、中学生アイドル・カグヤとその親衛隊に出会い、芸能界の闇を巡る事件に巻き込まれていく。（間室道子）
み-38-4

宮下奈都
田舎の紳士服店のモデルの妻
ゆるやかに変わってゆく。私も家族も——田舎行きに戸惑い、夫とすれ違い、子育てに迷い、恋に胸を騒がせる。じんわりと胸にしみてゆく、愛おしい「普通の私」の物語。（辻村深月）
み-43-1

宮下奈都
羊と鋼の森
ピアノの調律に魅せられた一人の青年が、調律師として、人として成長する姿を温かく静謐な筆致で綴った長編小説。伝説の三冠を達成した本屋大賞受賞作、待望の文庫化。（佐藤多佳子）
み-43-2

宮下奈都
静かな雨
行助はたいやき屋を営むこよみと出会い、親しくなる。こよみは事故に巻き込まれ、新しい記憶を留めておけなくなり——。文學界新人賞佳作のデビュー作に「日をつなぐ」併録。（辻原　登）
み-43-3

湊　かなえ
望郷
島に生まれ育った私たちが抱える故郷への愛、憎しみ、そして憧憬……屈折した心が生む六つの事件。日本推理作家協会賞・短編部門を受賞した「海の星」ほか全六編を収める短編集。（光原百合）
み-44-2

水生大海（みずきひろみ）
ひよっこ社労士のヒナコ
ひよっこ社労士の雛子（26歳、恋人なし）が、クライアントの会社で起きる六つの事件に挑む。労務問題とミステリを融合させた新感覚お仕事小説、人気シリーズ第一弾。（吉田伸子）
み-51-2

新井素子・宮内悠介　ほか・人工知能学会　編
人工知能の見る夢は
ＡＩショートショート集
日本を代表するＳＦ作家たちのショートショートをテーマ別に編集し、各テーマについて第一線の研究者たちがわかりやすい解説を執筆。人工知能の現在と未来がわかる一冊。
み-55-51

村山由佳
星々の舟
禁断の恋に悩む兄妹、他人の恋人ばかり好きになる末っ子、居場所を探す団塊世代の長兄、そして父は戦争の傷痕を抱えて——愛とは、家族とはなにか。心震える感動の直木賞受賞作。
む-13-1

（　）内は解説者。品切の節はご容赦下さい。

女ともだち
村山由佳・坂井希久子・千早　茜・大崎　梢
額賀　澪・阿川佐和子・嶋津　輝・森　絵都

人気女性作家8人が「女ともだち」をテーマに豪華競作！「彼女」は敵か味方か？　微妙であやうい女性同士の関係を小説の名手たちが描き出す、コワくて切なくて愛しい短編小説集。

む-13-51

コンビニ人間
村田沙耶香

コンビニバイト歴十八年の古倉恵子。夢の中でもレジを打ち、誰よりも大きくお客様に声をかける。ある日、婚活目的の男性がやってきて――話題沸騰の芥川賞受賞作。（中村文則）

む-16-1

カラフル
森　絵都

生前の罪により僕の魂は輪廻サイクルから外されたが、天使業界の抽選に当たり再挑戦のチャンスを得る。それは自殺を図った少年の体へのホームステイから始まって……。（阿川佐和子）

も-20-1

風に舞いあがるビニールシート
森　絵都

自分だけの価値観を守り、お金よりも大切な何かのために懸命に生きる人々を描いた、著者ならではの短編小説集。あたたかくて力強い6篇を収める。第一三五回直木賞受賞作。（藤田香織）

も-20-3

満月珈琲店の星詠み
望月麻衣　画・桜田千尋

満月の夜にだけ開店する不思議な珈琲店。そこでは猫のマスターと店員たちが、極上のスイーツと香り高い珈琲、そして運命を占う「星詠み」で、日常に疲れた人たちを優しくもてなす。

も-29-21

満月珈琲店の星詠み～本当の願いごと～
望月麻衣　画・桜田千尋

家族、結婚、仕事…悩める人々の前に現れる満月珈琲店。三毛猫のマスターと星遣いの店員は極上のメニューと占星術で迷える人を導く。美しいイラストに着想を得た書き下ろし第2弾。

も-29-22

熱帯
森見登美彦

どうしても「読み終えられない本」がある。結末を求めて悶えるメンバーは東奔西走。世紀の謎はついに……。全国の10代が熱狂、第6回高校生直木賞を射止めた冠絶孤高の傑作。

も-33-1

山崎豊子
大地の子（全四冊）
日本人戦争孤児で、中国人の教師に養育された陸一心。肉親の情と中国への思いの間で揺れる青年の苦難の旅路を、戦争や文化大革命などの歴史を背景に壮大に描く大河小説。（清原康正）
や-22-1

山崎豊子
運命の人（全四冊）
沖縄返還の裏に日米の密約が！　戦後政治の闇に挑んだ新聞記者の愛と挫折、権力との闘いから沖縄で再生するまでのドラマを徹底取材で描き出す感動巨篇。毎日出版文化賞特別賞受賞。
や-22-6

山本文緒
プラナリア
乳がんの手術以来、何もかも面倒くさい二十五歳の春香。矛盾する自分に疲れ果てるが出口は見えない――。現代の〝無職〟をめぐる心模様を描いたベストセラー短篇集。直木賞受賞作。
や-35-1

山口恵以子
トコとミコ
伯爵令嬢の燈子と使用人の娘・美桜子。戦後、ふたりの立場は逆転するが……。時に慈しみ、時に憎み、裏切ったことさえも。九十年の月日をともに生きたふたりのヒロインの大河ロマン！
や-53-4

山口恵以子
ゆうれい居酒屋
新小岩駅近くの商店街の路地裏にある居酒屋・米屋。定番のお酒と女将の手料理で、悩み事を抱えたお客さんの心もいつしか軽くなって……。でも、この店には大きな秘密があったのです！
や-53-5

柳　広司
ロマンス
退廃と享楽に彩られた昭和の華族社会で、秘かに葬られた恋と事件――。ロシア人の血を引く白皙の子爵・麻倉清彬の悲恋譚と、極上の謎解きゲームを融合させた傑作。（宇田川拓也）
や-54-1

柳　広司
象は忘れない
原発事故で失われた命。電力会社と政府の欺瞞。福島から避難した母子が受けた差別……。あの震災、そして福島第一原発を題材に紡がれた傑作連作短編集。（千街晶之）
や-54-5

（　）内は解説者。品切の節はご容赦下さい。

山内マリコ
メガネと放蕩娘
舞台は寂れた商店街。老舗書店のしっかり者長女のもとに十年ぶりに破天荒な妹が突然現れて!? アラサー姉妹の奮闘と成長を描く〝まちづくり〟エンタメ。「文庫版のためのあとがき」付き。
や-62-2

山本周五郎・沢木耕太郎　編
山本周五郎名品館Ⅰ
おたふく
生涯膨大な数の短編を遺した山本周五郎。時代を越え読み継がれる作品群から選ばれた名品――「あだこ」「晩秋」「菊千代抄」「ちゃん」「松の花」「おさん」等全九編。（沢木耕太郎）
や-69-1

山田宗樹
ミレニアム・レター
男に届いたのは、10年前に自分へ宛てた手紙だった（「ミレニアム・レター」）。ミステリーからホラー作品まで、幻の短編集が遂に文庫化。話題作『代体』のパイロット版短編も収録。
や-71-1

唯川　恵
テティスの逆鱗
女優、主婦、キャバクラ嬢、資産家令嬢。美容整形に通う四人の終わりなき欲望はついに、禁断の領域にまで――女たちが行き着く極限の世界を描いて戦慄させる、異色の傑作長編。（齋藤　薫）
ゆ-8-4

柚木麻子
あまからカルテット
女子校時代からの仲良し四人組。迫り来る恋や仕事の荒波を、稲荷寿司やおせちなど料理をヒントに解決できるのか――彼女たちの勇気と友情があなたに元気を贈ります！（酒井順子）
ゆ-9-2

柚木麻子
ナイルパーチの女子会
商社で働く栄利子は、人気主婦ブロガーの翔子と出会い意気投合。だが同僚や両親との間に問題を抱える二人の関係は徐々に変化して――。山本周五郎賞受賞作。（重松　清）
ゆ-9-3

柚木麻子・伊吹有喜・井上荒野・坂井希久子
中村　航・深緑野分・柴田よしき
注文の多い料理小説集
うまいものは、本気で作ってあるものだよ――物語の扉をそっと開ければ、味わった事のない世界が広がります。小説の名手たちが「料理」をテーマに紡いだとびきり美味しいアンソロジー。
ゆ-9-51

柚月裕子
あしたの君へ
家裁調査官補として九州に配属された望月大地。彼は、罪を犯した少年少女、親権争い等の事案に懊悩しながら成長していく。一人前になろうと葛藤する青年を描く感動作。（益田浄子）
ゆ-13-1

行成　薫
立ち上がれ、何度でも
小学校でのいじめを経て成長した二人はプロレスのリングに上がる。天性のスターと不遇のヒーロー。想いを乗せたゴングが鳴る。困難に立ち向かう全ての人に贈る青春小説。（大矢博子）
ゆ-14-1

吉村　昭
闇を裂く道
大正七年に着工、予想外の障害に阻まれて完成まで十六年を要し、世紀の難工事といわれた丹那トンネル。人間と土・水との熱く長い闘いをみごとに描いた力作長篇。（髙山文彦）
よ-1-53

吉田篤弘
空ばかり見ていた
小さな町で床屋を営むホクトは、ある日、鋏ひとつを鞄におさめ、好きな場所で好きな人の髪を切るために、自由気ままなあてのない旅に出た……。流浪の床屋をめぐる十二のものがたり。
よ-28-1

渡辺一史　原案
こんな夜更けにバナナかよ愛しき実話
筋ジストロフィーで寝返りも打てない、だけど、自由に暮らしたい！　わがまま患者とボランティアの壮絶ながら命の輝きに満ちた日々。実話から生まれた映画のノベライズ。
わ-18-2

ジョン・ヴァードン（浜野アキオ　訳）
数字を一つ思い浮かべろ
頭に思い浮かべた数字を当ててしまう手紙。一面の雪景色の中で消える殺人者の足跡……まるで奇術のような謎また謎に挑む退職刑事ガーニー。謎解きと警察小説を融合させた野心作。
ウ-23-1

陳　浩基（玉田　誠　訳）
世界を売った男
目が覚めると六年後！　殺人事件を追っていた刑事の体にいったい何が？　香港の雑踏を疾走する男が辿り着く驚愕の真相。アジアの本格推理の鬼才、衝撃の長編デビュー作。（恩田　陸）
チ-12-1

文春文庫　最新刊